GOBOOKS
& SITAK
GROUP©

三日月書版

三日月書版

Residence of Monster
妖怪公館的新房客
視覺小說
藍旗左衽 著
zgyk 封面繪製
kaa 內頁繪製
三日月書版
輕世代 FW330

妖怪公館の新房客

視覺小說 SP 緋紅之夜

目錄

Prologue

再怎麼駭人的惡夢都是
自己創造出來的

封平瀾瞪大了眼看著上方。

殷紅飛濺，以違逆重力的方式朝上飛，沾附在窗面，使得窗面上梳枯的樹影開滿了嫣紅的繁花。

然而，屋裡沒有花香，只有濃厚的血味和腐臭味。

飛濺的血並未向上飛，而是他被頭上腳下地固定在牆面，帶著髒汙的繃帶將他纏裹倒吊，有如蠶蛹。

這裡是日校普通科一年二班的教室。

深夜裡，學生早已散去，教室裡原本整齊排列的桌椅此時散亂堆置，平整光滑的牆面布滿了戰鬥過的裂痕和血汙。

然後，封平瀾的契妖及同伴們，正狼狽地癱在教室內的各處，束手無策，盯著站在講臺前方的人。

戴著面罩、身穿醫師袍的男子，全身被一圈飄忽的黑紫色霧氣給包圍，手中握著悚然駭目的醫療器具。手中的刀和身上的白袍都布滿了深淺不一的褐色汙漬，濕漉漉地滴著濃稠的液體。

空氣中的不安，濃烈到讓人窒息。

曇華握著長竿，擋在海棠前方。她的手臂上有一道不小的傷口，汩汩地流著血。

「讓開！」海棠怒吼，「我能戰鬥！現在的妳派不上用場！」

他的衣服上有多處破裂，那是戰鬥時造成的破口。

「海棠少爺……」曇華對著海棠輕聲開口，「這是我的職責，我生來便是要為您赴死……」

「住口！」

封平瀾緊張地咽了口口水，但因為被倒掛著，口水才吞下了咽喉便逆流，害他被嗆到，用力地咳了起來，還順道打了個長長的嗝。

悲壯唯美的場景，瞬間變得滑稽可笑。

四散盤踞在教室各處的伙伴抬眼，望向封平瀾。

「呃！抱歉，晚餐我吃糯米飯糰，有、有點脹氣……咳咳！」封平瀾傻愣愣地解釋。

醫生將頭轉向他。

封平瀾趕緊閉上嘴，努力不讓自己再發出任何聲音。

趁著醫生回頭這一瞬間的空檔，海棠猛地從曇華身後竄出，舉起馬刀，朝著醫生揮刺而去。

但是，對方的動作比他更快一步。

醫生倏地投出兩支手術刀。金屬與金屬重擊產生的震盪，打歪了海棠的劍路。

接著，面罩下的嘴含糊地低吟了幾句。

海棠聞言，身子微微一震。

下一刻，第三支手術刀猝不及防地射向海棠的胸口。

眾人倒抽了一口氣。

「海棠少爺！」

曇華悲慟地哭喊。

她想向前抱住海棠，但是醫生彈指，數道繃帶射出，將她綑縛，無法動彈。

海棠站在原地，驚愕地看著刺入自己胸口的刀，然後又不可置信地看向醫生。

他想伸手拔掉刀，但是手才剛舉起，便無力地跌躺在地。

海棠背倚著桌子，盯著醫生，用錯愕不解的目光看著醫生。

「你……」

他想開口，但是甫一張口，鮮紅濃稠的血自口中湧出。

海棠眨了眨眼，看向自己胸前的血。突然間，他的眼神轉為惱怒。

他望向醫生，似乎想說些什麼，但是嘴巴張合了一陣，卻發不出任何聲音。

接著，他以殘存的力量，將目光轉向封平瀾。

他想說話，但嘴唇連開合的力氣都沒有，只能顫抖。

海棠努力地以眼神示意，他的目光先是望向了教室後方角落，接著轉向希茉，又轉向牆面。

牆上的鐘，指著一點零七分。

他用力地盯著封平瀾，希望對方能明白。但封平瀾整個人被籠罩在朋友將死的震撼之中，腦子一片空白。

海棠嘆了口氣，然後瞪向醫生。

他使勁全身最後的力量，奮力地舉起了中指。

最後，閉上眼，身子再也不動了。

一時間，屋內一陣死寂。

封平瀾看著海棠，突然覺得一陣暈眩。

這是真的嗎？

只是一場惡夢吧……

這是真的嗎？
只是一場惡夢吧……

這是真的嗎？
只是一場惡夢吧……

這是真的嗎？

只是一場惡夢吧……

這是真的嗎？
只是一場惡夢吧

然而，教室裡血腥味和身上的疼痛無情地提醒著他——

這不是惡夢，是現實。

Chapter 1

基本上，
學校最不可告人的祕密
只有校董才知道

時鐘逆返，時間回溯至五十六小時前。

曦舫學園，日校普通科一年一班教室。

放學鐘聲響起。學生一邊嬉鬧著一邊紛紛離開教室。

往校外移動只有日校生。影校生多半會在原班教室裡逗留一陣，等日校生散去之後，便直接從樓梯間鏡子的通道口，前往另一個空間裡的校園。

封平瀾坐在原位，一邊寫著方才課堂上老師出的作業，一邊啃著作為晚餐的麵包。

通常，他會和璁瓏及冬犽出校一趟。他吃麵，璁瓏買鮮奶，冬犽買冰淇淋，三人一起在外面吃完晚餐再回來。

但是最近公館內的經濟狀況比較拮据。雖然他的生活費仍算充裕，但為了共體時艱，他也跟著大家縮衣節食。

忽地，一本厚厚的檔案冊攤到了他面前，壓在作業上方。

封平瀾咬著麵包，抬頭。

漾著小惡魔笑容的伊凡一臉雀躍地看著他。

「嘿。」封平瀾咬著麵包，發出了含糊不清的問候聲。「怎麼了？」

「我發現了有趣的東西。」

伊凡指了指檔案冊上的一面。

封平瀾低頭。

檔案冊上展現是一張雜誌的廣告頁。

暗紅色與黑色交錯的字體，觸目驚心地排列出斗大聳動的標題。

校園祕密事件——絕叫！曦舫校園恐怖傳說

「這是什麼？」封平瀾提問，忽地看到頁面角落印著曦舫的校徽，「是校刊嗎？」

「這是十二年前的校刊。」伊凡繼續興奮地說著，「你知道曦舫的校園恐怖傳說是什麼嗎？」

「我連曦舫有恐怖傳說都不知道。」封平瀾偏頭想了一下，「是校園七大不可思議之類的東西嗎？」

「都收妖魔入學了，還能有什麼更不可思議的事？」坐在一旁，臭著臉喝保久乳的璁瓏，不以為然地哼聲。

「有啊，比方說為什麼會有人蠢到直接把未開封的牛奶拿去茶水間微波，搞到炸奶，害得四樓微波爐現在都還有一股奶臭。」伊凡瞪著璁瓏，陰陽怪氣地嘲諷道。

校園秘密事件——

絕叫!!

曦舫校園恐怖傳說

「那個微波爐本來就很臭，多虧我的奶味才讓它變得好聞一點！要說臭的話墨里斯的襪子才臭吧！」

「襪子？」伊凡挑眉，沒好氣地笑道，「這和襪子有什麼關係？總不會把襪子放進微波爐裡吧？」

「是啊。」璁瓏理所當然地回答，「上週下大雨，墨里斯就把襪子放到微波爐裡打算加熱烘乾。不過那只是讓襪子變得又濕又燙而已。我早就提醒過他改用烤箱了。」

坐在一旁的墨里斯轉過頭，「我試過了，沒什麼用，烤完之後只讓我的襪子變得外酥內脆，汁水全都被封在中層，一剝開就流淌而出。」

「怎麼聽起來有點好吃……」封平瀾舔了舔嘴。

伊凡臉色驟變，「封平瀾！管好你的契妖！」

「抱歉抱歉，他們對人界的東西還不太習慣啦。」封平瀾不好意思地賠不是。

伊凡皺眉，「到底是哪來的鄉巴佬妖魔啊……」

封平瀾嘿嘿傻笑，含糊帶過，將話題轉移到眼前的檔案上。

「話說，這是日校通行的校刊，說不定是日校學生以訛傳訛編出的東西。」

「或許吧。不過你看看這個幾個調查者。」伊凡指了指預告區的作者欄位，「我查過了，全是影校生，而且是超自研的。這個事件一定有些玄機。」

「那你不會直接借下一期的校刊來看？光看預告是能知道個屁。」璁瓏冷哼。

「不懂就閉嘴，安靜喝你的乳汁！」

伊凡白了璁瓏一眼，接著將檔案冊向前翻了幾頁，翻到了每一期的校刊目錄匯整區。

「校刊是每兩個星期出刊一次，預告出現的那一期是六九四期，在十二月十五日出刊。照理說，下一期應該是十二月二十九日出，但是六九五期卻

拖到一月十二日才出，中間停刊了一次。而且，在六九五期裡，完全沒看到有關校園傳說的報導，其他期也都沒有。」

伊凡興奮地說著他的發現。

「說不定他們只是後來決定不做了。」墨里斯一邊用筆記型電腦看著影片，一邊憤恨地將蘇打餅乾嚼碎，「就像有些優質節目，做得好好的卻突然要停播，換成不知所云的絕種畜牲特輯……」

電腦螢幕上，播放的是恐龍生態介紹的影片。

「不是吧，這麼有話題性的題材，超自研的人才不會放過出風頭的機會呢。」伊凡不以為然地反駁。

「或許十二年前的超自研學生還擁有謙虛的美德，沒那麼愛自我表現。」墨里斯潑冷水。

聽著兩人鬥嘴，封平瀾苦笑著轉過頭，好奇地看向伊凡。

「你怎麼會注意到這個？」

「歷史課作業不是要研究校史嗎？我選的主題是文藝活動發展，所以就去翻了舊校刊，意外發現的。」

伊凡興致勃勃地說著，「不只校刊，我去翻學校網站的討論版，挖出了骨灰級的舊帖子，發現其實有不少人對曦舫的校園傳說有興趣。這個傳說在十二年前就存在了，每過一段日子就會有人討論。一直有人想驗證真假，但是都沒有下文。」

「很神祕呢！」封平瀾也被挑起了興趣。

「哪裡神祕？說好要做的事情卻沒下文，這很常見啊。比方說某個一直宣稱要減肥的人。」

墨里斯再度開口，然後望向縮在角落玩電腦的希茉。

「沒想到伊凡會對幽靈好奇。」封平瀾翻閱著檔案冊。

「妖魔是異世界的生命體，仍是生物的一種。鬼魂是死去、卻仍存在的超能靈體。」伊凡解釋。

「所以，比起妖怪學園，曦舫的性質更類似動物園？」封平瀾恍然大悟。

「沒錯，但我不喜歡你的說法。」伊凡沒好氣地道。

「確定是幽靈？說不定那是夜間活動的小畜牲，或是卸了妝的蕾娜。」璁瓏開口。

「我不確定是不是『真的』有，因為沒有任何可以證明『有』或『沒有』的資料存在。」

伊凡戳了戳檔案冊上的圖。

「關於校園傳說的內容，沒有明確資料，只留下非常籠統的說法。聽說在冬至的深夜裡，在校內施展禁忌之咒，便會開啟封印，喚出黑暗、陰毒且致命的東西。」

墨里斯聞言，小聲地咕噥道，「那種東西不用召喚，冬犽在廚房裡就做得出來。」

「到底會召喚出什麼東西啊？」封平瀾好奇。

「要深入調查才知道。」

「什麼時候冬至？」冬犽隨口詢問。

「兩天後。」一直掛著俊帥淺笑滑手機的百嘹，忽地開口。

「你怎麼知道？」

「有好幾個少女預告，後天要煮湯圓給我吃。」百嘹望向封平瀾，「到時候一樣交給你處理囉。」

「有芝麻口味的話留給我。」伊凡開口，「總之，如果我們調查順利的話，後天影校下課後，剛好可以留在校內調查。」

「好啊好啊！聽起來很刺激！」封平瀾雀躍不已。

璁瓏嗤之以鼻。

「無聊至極，為了這麼愚蠢可笑的東西，你竟然當真？伊凡，你真的好傻好天真。」

面對璁瓏的嘲笑，伊凡並不生氣，反而挑眉。

「你對調查那麼抗拒，該不會……你是在害怕吧？」

「少胡說八道了！」

「你放心，我不會因為你害怕幽靈而當面輕視你，我只會在背後嘲笑你。」

「誰說我怕了！」

璁瓏惱怒地拍桌站起，「我們可是妖魔呢！不論是活著的人類或死去的人類，都不足為懼！」

「你確定？」伊凡笑著開口，「不然我們來打賭。」

「打賭？」

「按照傳說，進行完儀式後，會發生很恐怖的事。如果沒有召喚出幽靈，算我輸。如果真的召喚出了什麼東西，大家都不准叫，不准逃，看誰有本事消滅它！誰逃誰叫就算輸！」

「別弄得太髒，也不要太晚回家喔。」冬犽溫柔地開口提醒，有如慈母。

「贏家有什麼好處？」璁瓏問道。

伊凡狡黠地笑道，「你輸了的話，要當我的僕人一個月。放心，我不會要你做出傷風敗俗或是危及生命的事，我只是想嘗試一下有契妖使喚是什麼感覺。」

「我贏的話呢？」

「我幫你付一整年的伙食費，你到餐廳的任何開銷我都買單。」米海爾

維奇是古老的召喚師家族，財力雄厚。反倒是封平瀾和他的契妖過得這麼窮酸，讓伊凡很不解。

此話一出，坐在一旁的冬犽微微一震。

「啊？聽起來有點爛……」璁瓏對這賭酬感到興趣缺缺。

「不然你想要什麼？」

璁瓏偏頭想了一下，「我要十臺跑車模型和——」

話語未落，一道雪白的身影插入，截斷了璁瓏的話語。

「請問只限璁瓏能參加嗎？」冬犽微笑著詢問。

「怎麼，你有興趣？」伊凡挑眉。

冬犽點點頭——

我們六個全都要參與。

希茉、墨里斯和百嘹聞言，同時抬頭，錯愕不已。

封平瀾和璁瓏則是興奮中帶著疑惑。

「噢，當然沒問題！」伊凡樂不可支。人越多越熱鬧

冬犽表情轉為嚴肅，「但我有一個請求。」

「什麼？」

「……我們五個全贏的話，可以請你除了包辦伙食費以外，順便付水電瓦斯費嗎？」

伊凡愣了愣。

「喔，可以。」還以為要說什麼嚴重的事……他翻了個白眼，「你們怎麼窮成這樣？」

冬犽不好意思地笑了笑。

「這幾天一直下雨，房間長霉，衣服就算吹乾了放在屋裡也會染上潮氣。我又不是整天待在家，無法一直召喚風——」

「冬犽一口氣買了六臺除濕機。」封平瀾小聲地在伊凡耳邊輕語。「德國進口的，很貴……」

「讓那三個蠢貨自己去瞎忙不就好了，為什麼我們也要參與？」墨里斯不滿地低聲抱怨。

「我也不想參加……」希茉小聲說道。

冬犽幽幽開口——

「我聽說，自己在家料理比買外食便宜……」

眾人臉色大變。

「校園傳說是吧？真是有挑戰性呢！我已經迫不及待要和幽靈大戰一場了！」

墨里斯瞬間變得超積極踴躍，摩拳擦掌，躍躍欲試。希茉和璁瓏也一副相當感興趣的表情。

百嘹看著自己的同伴們，暗暗搖頭。

他不缺錢，不喜歡無意義的團體活動。看著那份檔案，他的直覺告訴他，這事件必有蹊蹺，最好避而遠之。

百嘹望著一臉興奮的冬犽，勾起一抹淺笑。

雖然如此，但他恰巧有些早就想嘗試的遊戲，必須在深夜無人的校園進行。為了這點小小的樂趣，他願意配合參與。

曦舫校園恐怖傳說勘查之旅，就此定案。

封平瀾看著桌面上攤開的檔案內頁。

下期預告的頁面，聳動的標語下方，是一張負片效果的曦舫校園照。黑暗的校園，看起來非常陰森詭譎。

真的有幽靈嗎？

他們知道曦舫白天和夜晚的樣貌。除了這兩個樣貌以外，難道曦舫還有不為人知的一面？

下期預告……

三十七小時前。

中午，曦舫學生餐廳。

「我昨天調閱了影校社團的活動紀錄，發現有不少人挑戰過曦舫的校園傳說。」

封平瀾拿出筆記本，興致勃勃地說明。

「不只超自研，近十年內，魔術研、東亞文化研究會、堪輿研究會，都曾試著挑戰這項禁忌，但都和超自研一樣，只有風聲，沒有下文，完全沒人知道後來到底發生什麼事。這很不合理，可見這些年的冬至之夜，一定發生了超出他們預料的事。」

封平瀾說著，露出猶豫的表情。

「我在想，這可能很危險，或許我們可以用比較安全的方式進行，像是安裝攝影機遠端觀察之類的……」

「但是我們沒有時間和資金準備這些設備。」冬犽溫柔地說著，「況且，若是遠端觀察，就無法拿到伊凡的賭金了。」

這才是重點吶！

「呃，好吧……」

璁瓏得意地誇口，「怕什麼，其他妖魔我不敢保證，但我們可是皇族的直屬禁衛軍呢。」

如果他的嘴唇上方沒有浮著一圈牛奶漬，看起來會更有說服力。

「你們有探聽到什麼特殊的情報嗎？」

伊凡開口，「聽說，超自研有個不成文的規定——」

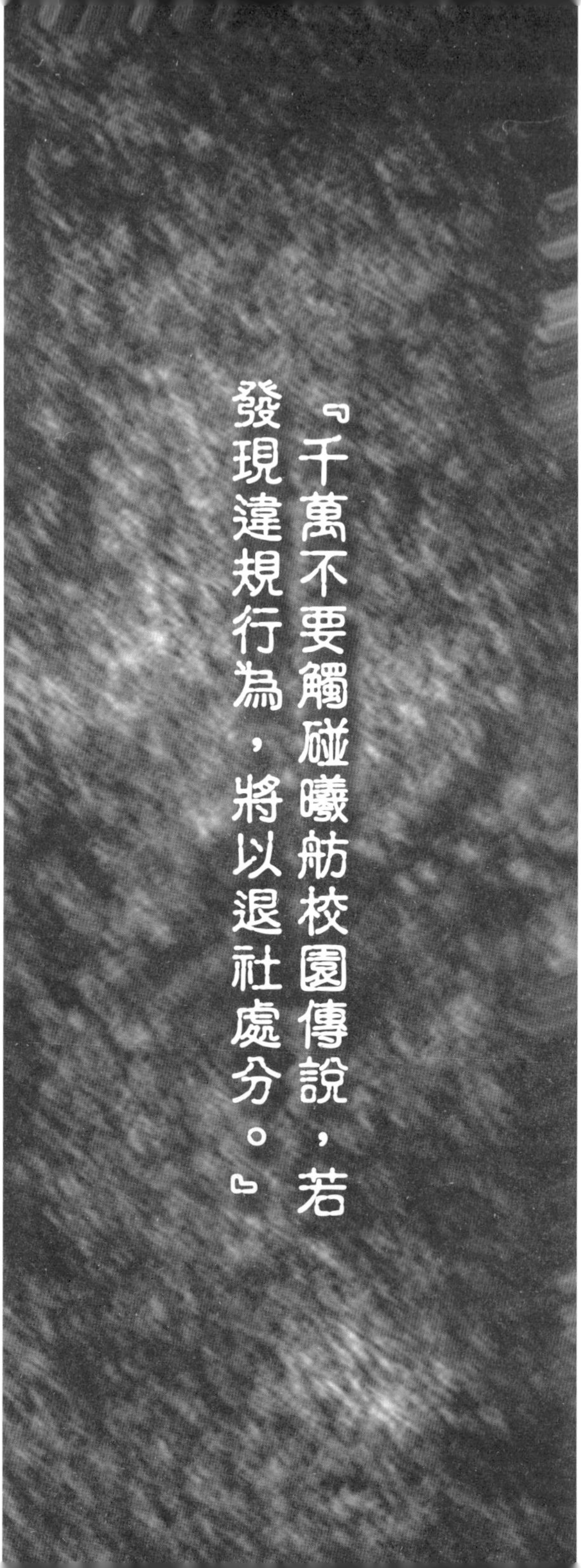
「千萬不要觸碰曦舫校園傳說，若發現違規行為，將以退社處分。」

聽出了其中蹊蹺，封平瀾挑眉。

「所以沒發現就不處分？」

這條規定還頗奇怪的，一般都是違者退社，而不會強調「發現」。

「還有其他線索嗎？」目前得到的消息都非常片面且間接，他們對校園傳說仍然沒有任何明確的證據或資訊。

「還有一個問題，目前有紀錄的資料都是三年前的，沒有列出參與儀式的人，我們不知道目前校園裡有誰挑戰過這儀式，可以讓我們諮詢。」伊格爾淡漠說道。

坐在一旁的百嘹忽地開口，「商經科三年九班的凱因斯學長有試過。」

「你怎麼知道？」

「他妹妹告訴我的。」百嘹舉起手機，「我在群組裡稍微透露了對這個話題的興趣，善良的小鴿子們便踴躍地向我通報消息。」

「不錯嘛。」伊凡讚賞，「乾脆直接問她發生什麼事好了。」

「我問了，她不知道。」百嘹苦笑，「她說她哥在清晨時回家，臉色很難看，感覺非常懊惱，不管怎麼問，他都不說發生了什麼事。」

「看來，只好親自去問他了。」冬犽輕嘆。

一行人照著凱因斯妹妹的提示，來到搏擊社練習場。

凱因斯是社團書記。他被中途叫出，身穿護具，滿身是汗。當他看到來者時，一臉困惑。

「我們的社團檔案有問題嗎？」看著社團研的一伙人，凱因斯露出了明顯的戒備，臉色相當難看。

畢竟，社團研對一般社團而言，是有如稅務調查員一般的存在，被社團研的人找上，通常不會有好事。

「噢，不是。我們不是以社團研的身分過來的。」封平瀾解釋，「只是想請教你一些事情，有關於校園傳說——」

凱因斯瞬間變臉。

他重咳了一聲，硬生生地打斷封平瀾的話。

「我不知道你在說什麼，我對那些事一概不知。」他壓低了聲音開口，彷彿擔心有人在偷聽似的。

「令妹可不是這樣說的。」伊凡開口。

「那個多嘴的三八……」凱因斯低咒了一聲，努力強辯，「我妹不是當事人，搞不清楚狀況，其實我那天很早就回家了，是她弄錯了。」

伊凡和璁瓏同時翻白眼。

「這樣啊，我明白了！」封平瀾露出人畜無害的笑容。

當凱因斯以為這件事情已打發過去，正要鬆口氣時，封平瀾繼續開口。

「雖然在這個時候提出有點冒昧，不過貴社上回交的社團活動紀錄有一點小問題。上一次的海外社團友誼賽，參賽社員請假的日數和總賽期的日數好像有些差異……」

凱因斯瞬間僵硬，他咬牙，內心糾結了一番，最後放棄。「等我一下，這裡不方便談這些事。」

「你不會用這麼爛的方式趁機逃跑吧？」璁瓏沒好氣地提醒。

凱因斯碎念了聲，「該逃的是你們……」語畢，沒給對方追問的時間，逕自轉身走回練習室。

過了片刻，卸了護具的凱因斯再度出現。

他對著封平瀾一行人使了個眼色，領著眾人一同走到往來行人較少的轉角處。站定之後又張望了一陣，才壓低音量，以警告的口吻，慎重地開口。

「我不知道你們打聽到了什麼，總之，千萬不要試圖觸犯禁忌，我是為你們好才這樣講的。」

「到底發生了什麼事？」

凱因斯深吸了一口氣，彷彿想到了什麼不堪回首的往事。

「我不能說……」

「那當然還有其他人參與這儀式嗎？」

「有，但我們已經彼此約定好，不可告訴任何人那晚發生了什麼事，包括有誰參與。」

「我們只是想了解經過，不管發生了什麼，就算你當時臨陣脫逃，我們也不會笑你的。」伊凡笑著說道。

凱因斯露出了被冒犯的懊惱神色。

「你根本什麼都不懂！」

他重重地推開伊凡，生氣地開口，「這所學校所發生的每一件事，都不是想像中那樣單純。我能告訴你的就這些，不要再來找我了……社團紀錄的事要舉報就去舉報吧，我無所謂。」

語畢，踏著憤然的腳步離開。

去。

伊凡看著凱因斯的背影，也不追究對方對自己動粗，就這樣放任對方離

一行人敗興而歸，略微失望地離開練習場，準備返回教室。

「搞什麼啊，這情報一點用都沒有。」

「要不要放學之後用更『親切』的方式，『邀請』對方到家裡聊聊？」

墨里斯提議。

「我們直接找上門，已經打草驚蛇了，接下來他一定會有所防備吧。」

璁瓏回應。「看來這場賭約是賭不成了。」

冬犽長嘆了一聲，聽起來非常惋惜。

「未必。」伊凡從口袋裡拿出一張紙條。「他在推開我的時候偷偷塞到

我口袋裡的。」

伊凡展開揉成一球的紙條，眾人連忙湊上去圍觀。

只見凹凸不平的紙面上，潦草地寫著一排英文和數字。

「這是什麼？電話嗎？還是網址？」

眾人不解。

「會不會是密碼？」

封平瀾探過頭，看了一眼，立刻認出那串數字。

「這是圖書館索書編碼。」

Chapter 2

恐怖傳說裡的怨靈們，應該對自己的中二稱號感到羞恥吧

曦舫學園圖書館，外文書區。

PZ8 P426 2009-3，印著黑色粗體字的雪白紙張，貼在一本深紅色的皮革書背上。這本書的頁數並不多，書皮卻是厚重的精裝版，光是封面封底的厚度，就差不多和書頁一樣了。

封面上是一幅肖像畫。

深褐色的背景前方，站著一名身穿中世紀貴族服飾的男子。男子有著濃密的深藍色鬍子，慘白清癯的臉上，嵌著兩漥深邃而陰鬱的雙眼。

一行人坐在最角落處的座位區，面前攤放著這本書。

這位置是在百嘹的指引下才找到的。位在書櫃後方，書櫃和書櫃之間正好區隔出一個略微隱蔽的空間。

百嘹在這小小的空間裡做過了什麼，他們心照不宣地不去多想。

「這是法文版的『查爾斯·沛羅童話故事集』。」封平瀾好奇地翻開書，開口。

「你看得懂法文？」

「喔，不是。」

封平瀾指了指書本。最後一頁貼著一張泛黃的借閱卡，以及圖書館印製的書籍資訊。

伊凡似乎發現了什麼。「噢，來看看這借閱紀錄。」

他抽出借閱卡，卡片上寫著幾個學生的名字和學號。他的目光停在卡片上的最後一個名字。

「是凱因斯。」

伊凡的目光向上，有幾個不認識的名字，但隔了幾個人名之後，出現了熟悉的姓名。

「這個是十二年前校刊上打算探討校園傳說的撰文者之一，借書日期是十二月十八號，正好是在他們調查校園傳說之前。」

「這本書有什麼奇特之處？」

「不知道，說不定書上有寫些什麼暗示……」封平瀾皺眉，不解。

他快速地翻了翻書，但是書裡沒有任何的筆記或眉批。只在其中一篇故事的標題上，有個隨手畫過的勾。

封平瀾指向被打勾的文字，「這是什麼意思啊？」

伊格爾湊過頭，淡然地開口，「是『藍鬍子』。」

「伊格爾會法文呀？」封平瀾以驚訝的語氣讚賞，「好厲害！」

伊格爾點點頭，「稍微懂一些……」

伊凡得意地誇耀道，「明明就說得很流利，我們家伊格爾會的語言可多了。」

「但他又不常講話，學了也是白學。」璁瓏開口。

「你那麼愛車還不是沒屁用，上了車就開始吐，你連嬰兒學步車都無法駕馭！」

「你管我！」

封平瀾不管鬥嘴中的兩人，直接把書遞給伊格爾。「書裡的內容有什麼特別的地方嗎？」

伊格爾快速地翻過書頁，搖了搖頭。

「沒有，和我們所知道的藍鬍子故事沒什麼差異。」他把整本書大致翻了一下，「其他故事看起來也沒什麼特別的。」

伊格爾翻到最後一頁時，發現書角的地方，有一個角稍微掀起，露出色彩灰雜的內裡。

「這邊有點翹起來。」他摸了摸那塊掀起處，察覺手感有些許異常，「裡面好像有包東西……」

「咦？」

封平瀾看著那掀起的書角，輕輕地摳了摳，小心翼翼地想看清楚書皮裡包著是什麼。

「後半部黏得有點緊，要拆開的話得費點心。」

伊凡不耐煩地道，「交給我。」

他搶過書，將書舉到自己面前，瞇起眼審視了幾秒，接著伸手撫了撫頁面。

然後，細白的指尖輕輕地挑了挑那翹起的紙角，下一刻，像是在撕泡麵杯蓋一樣，非常豪邁地揪住翹角，猛地朝反方向拉扯開。

「唰！」

在書本內頁被撕開的那一瞬間，封平瀾覺得，他好像看見封面上的藍鬍子，那憂鬱的雙眼閃過一陣紅光。

是他看錯了嗎？

「你搞什麼啊！」璁瓏對伊凡怒斥道，「我還以為你知道怎麼拆開夾頁！」

「我是知道啊，不是拆給你看了嗎。」

「我是說更專業的拆法！你這樣我也會！」

「是喔，真了不起，那下次讓你撕。」伊凡敷衍回應。

「伊凡……」伊格爾露出不贊同的表情。

「葉珥德看到你這樣搞一定會吐血。」墨里斯說著。

「大不了之後再貼回去。」伊凡攤開書，「看吧。」

精裝的封面底下，包著的並不是硬紙板，而是一本薄薄的冊子。

冊子的封皮是米灰色的皮革，上面沾著駁雜的髒汙，黑、褐、灰，還有半個闇紅的指印。

封皮上以潦草而帶有力道的字寫著曦舫的校名，筆跡之深，彷彿是用力刻上紙面一般。

伊凡小心地翻開小冊，裡面是手寫的內文。

他輕聲唸出內容。

藏在黑暗之中的黑暗，深淵之中的深淵。

只有愚者想要跨越界限。

維繫人與非人藏身之處的結界，奠基於佇留於此岸的彼岸之民。

人死為鬼，歸返虛無之界。

彈留於生者之國的亡者，逆違常世之理。

然冤死、慘死、含怨死、含恨死，與生前妄殺生靈者，因身受執念纏累，故死後不得歸往彼界，陷於此界，重現生前作為……

「到底在講什麼鬼東西？」伊凡將冊子丟給封平瀾，「我程度不好，幫我翻譯。」

「喔。」封平瀾接過小冊，翻了翻內頁。

「剛剛那段大概是在解釋為什麼會有鬼的存在。含怨而死的人，或是生前殺人的人，死後都會變成鬼魂，重複著生前做的事。」

封平瀾搔了搔下巴，「我怎麼覺得這文章聽起來有點耳熟……」有種莫名其妙的熟悉感。

「然後呢？」

「我看一下喔……嗯，中間廢話頗多的……啊，有了，在曦舫創校之初，封印了四個極邪惡的凶靈在結界之下。四個凶靈沒有留下名字，只有代號，分別是墮落聖女、死醫、典獄長和園丁。」

「墮落聖女怎麼聽起來有謎片的感覺。」伊凡皺眉。

「希茉，妳是不是有標題類似的小說？」璁瓏轉頭詢問。

「……是悖德貞女的墮落……」希茉小聲回答。

封平瀾繼續看內文。

「墮落聖女是育幼院的修女，某天夜裡，一群流氓闖進育幼院，殺了修女又放火燒掉育幼院。從此之後，修女的鬼魂便在育幼院的廢墟裡盤踞。據說她會外出擄回在育幼院附近出沒的人，然後砍去對方的四肢，讓受害者像嬰兒一樣，再放到搖籃裡等死。

「死醫是個精神異常的醫生。他對病人進行了各種殘酷的活體實驗。當警方找上門時，他割斷自己的喉嚨自殺身亡。據說他的鬼魂會在月圓時出沒，獵捕受害者，進行活體實驗。

「典獄長是異端法庭專屬監獄的管理者。他以正義之名，嚴刑拷問入獄的人，不管有罪或無罪，都會在他的逼供下屈打成招，並在認罪之後繼續被

Deadly Doctor
Fallen Sister

Twisty gardener
Evil warden

凌虐至死。

「而園丁則是一個獨居老人。他對於自己的花園有著極端的愛，他殺了每一個擅闖者，在對方還活著的狀況下，割開皮肉，灑下種子及土壤，讓人變成活體盆栽，以血肉為養分，滋養他的花園……」

「聽起來都是不得了的狠角色吶。」冬犽輕嘆。

「為什麼要把凶靈封印在曦舫？送去其他分校不行嗎？」璁瓏不解。

「我覺得放在海參威分校不錯。」伊凡附和。

「能跨越生與死界限的靈魂，具有強大的能量。」伊格爾悠悠地念著書上的文字，「影校的結界需要強大的能量，說不定便是靠這些凶靈支撐的。其他學校或許也有，只是我們不知道罷了。」

「所以影校把幽靈當電池使用嗎？」封平瀾驚訝不已。

這種發電方式實在是太過前衛又環保了！

「好了，現在我們知道了對象是誰，重點是要怎麼把它們叫出來？它們是像垃圾車一樣，時間一到就會自動出現嗎？」墨里斯不耐煩地詢問。

「這裡說，」封平瀾捧著小冊，「冬至之時，陽消陰長；至陰之日，陰魂騷亂。若有三名陽世之人，進行泯界之咒，將使凶靈具現於人世，殺戮人間。」

「泯界之咒是什麼東西？」

「應該是指泯除兩個世界界限的咒語，好像能讓鬼魂具現化，出現在人間。」封平瀾向後翻了兩頁，「噢，這裡把咒語的操作方式和需要的器材都寫得很清楚呢！」

「這種儀式是誰發明的啊？」璁瓏覺得匪夷所思，「為什麼人類總是喜歡挑戰禁忌？明知道危險卻硬要去做。」

「你還不是明知道會吐還是堅持要搭車。」伊凡翻白眼。

封平瀾翻到了最後一頁，發現在最後一行處，有三個小小的英文縮寫，看起來像是某個人的名字。

「所以，確定要執行？」

心裡那股不安的感覺，讓封平瀾再次開口詢問。

「學長的態度很奇怪，好像在害怕什麼。而且，既然他不願意透露關於那一夜發生的事，為什麼又要給我們線索？」

墨里斯摩拳擦掌。「要把他抓來拷問嗎？」

「凱因斯已經請假回家了。」百嘹看著手機開口，「他妹向我通風報信的。」

手腳真快啊……

不過，會讓凱因斯避之唯恐不及，可見這個校園傳說確實有什麼駭人的祕密，並非只是虛構的故事。

「這會不會是一個陷阱？」冬犽忽地開口，「就像那部電影一樣，如果不想讓那位全身沾滿水井爛泥的小姐進入家門，就要把錄影帶拿給另一人看。」

百嘹挑眉，看向冬犽。

「你晚上都在看那些影片？」

「偶爾。這是我的休閒之一。」

忙了一整天家事，他最喜歡一邊品嘗冰淇淋，一邊看電影。他對電影沒有特別的偏好，電視播什麼就看什麼。

「我很期待你學那部影片裡的女鬼，半夜潛入我的床鋪。」百嘹邪魅地調侃。

「希望到時候不會在你床上遇見第三個人。」冬犽漾起溫柔的笑容，「這樣的話你們都會死，如同電影裡演的下場。」

不理會那兩人意有所指的曖昧對話，伊凡安慰著略顯緊張的封平瀾。「不會有那麼嚴重的下場啦，畢竟凱因斯也還活得好好的，不是嗎？」

「說得也是。」封平瀾稍微放心。

「對了，書皮的另一面，裡面有包東西嗎？」璁瓏問道。

伊凡翻開封皮，摳了摳邊角，依樣畫葫蘆地把黏貼的紙撕開。

書皮底下，也有一本米白色小冊子，同樣布滿汙痕，但是打開內

頁，裡面是一片空白。

「沒有東西耶。」

「真詭異。」

「不管怎樣，至少我們確定，冬至夜應該會相當有趣！」伊凡樂不可支，

「我很期待看你們被嚇到屁滾尿流。」

「我們也很期待看見你被嚇到哭爹喊娘！」墨里斯和璁瓏反嗆。

「還有伙食水電費。」冬犽補充。這很重要。

看著那空白的頁面，封平瀾總覺得，在那白淨的紙面裡，藏著某些祕密……

事發四十五小時前。導師辦公室。

下午時分，微雨，天陰。

殷肅霜坐在辦公桌前，背後的櫥櫃堆滿了文件、和雜物。辦公室的地面上一隅擱著一個小電鍋，鍋裡熬煮著漂浮著雜質的深草綠藥汁。

辦公桌前，冬犽和封平瀾臉上掛著僵硬的笑容。

他們會出現在這裡，是身負重任。

小冊子裡雖清楚地寫著喚靈儀式的所有過程和需要用到的器具，但有不少器材他們完全沒聽過，不知道是什麼。

於是，眾人便派出了形象良好的封平瀾和冬犽，前來詢問班導，看能不能得到線索。

殷肅霜挑眉，沉聲道，「有事？」

「噢，有些課程內容上的問題不太懂，所以想向班導請教一下。畢竟我只是一般人，對影校的知識完全外行，所以也不好意思問其他人，只能來問老師了！哈哈哈哈哈哈！」

封平瀾用力地展現爽朗坦蕩、不欺暗室的形象，但似乎太過用力，整個人看起來像是嗑藥嗑太嗨。

「平瀾……自然點……」冬犽站在封平瀾斜後方，壓低了聲音提醒。

殷肅霜冷冷地看著封平瀾，直接切入正題，「你想知道什麼？」

「喔。」封平瀾拿出小抄，「有幾項施咒需要的藥材，我不太清楚是要做什麼用，也不知道要去哪裡找。有七夜花、銅蛇蛻……」

殷肅霜不耐煩地伸出手。封平瀾乖乖地把清單遞出去。

那張清單上列了一整串的咒語材料，只有一半和泯咒儀式有關，另一半則是將無關緊要的東西作為煙幕彈，以免打草驚蛇。

殷肅霜目光掃視著清單。

封平瀾緊張地看著他，擔心對方看出端倪。

但殷肅霜的表情沒什麼變動，板著一貫嚴肅的臉，然後放下清單，拿起筆。

「這個、這個，這幾個。」他在其中幾個項目上打勾，「一般藥材店和化工材料行可以找到，瑟諾那裡也有。」

「喔喔！原來是這樣呀。」

「不過，這幾個——」殷肅霜筆尖點過的幾個項目，大部分是泯咒儀式需要用到的器材，「這幾項存放在咒法器材倉庫，其中這三個屬於A級管制咒材……」

「喔喔！原來是這樣呀！」封平瀾的聲音不自覺地拉高。「A級和非A級有差嗎？」

殷肅霜看著封平瀾，「器材庫裡的東西學生無法自行領取，必須由教職員開授權通知單，A級的器材則必須要由學科授課教授或班導師的授權才能取得。」

「喔喔！原來是這樣呀！」

封平瀾沒意識到，同樣的話，他已經重複了三次。

殷肅霜看著封平瀾，目光如炬。

「這是哪一堂課要用到的材料？」

「沒、沒有啦，只是剛好看見然後不懂是什麼東西，所以來向班導請益。」封平瀾緊張地打著哈哈。

殷肅霜盯著封平瀾片刻，無奈地輕嘆了口氣。「還有問題？」

「喔喔，沒有了！」目的達成，封平瀾趕緊撤退。「感謝班導春風化雨讓我茅塞頓開！那麼就不打擾了！再見！」

「專注在課業是好事，但別把注意力放在自己不了解的事物上。」

殷肅霜在封平瀾退出前，悠悠地隨口叮嚀——

「原本關著的門，就讓它關著。」

「喔喔，好的！」

封平瀾以為殷肅霜是在交代自己關好門，在退出前，慎重地把門帶上。

離開導師辦公室的走道後，兩人重重地鬆了口氣。

「真驚險吶。」封平瀾如釋重負地望向冬犽，笑道，「我的演技如何？還不賴吧？」

冬犽揚起溫柔微笑，委婉地回答，「……還有很大的進步空間呢。」

傍晚，普通科一年二班教室。

距離影校上課時間還剩二十分鐘，日校的學生全部散去，影校的學生也都進入了結界內的空間，只剩下封平瀾等人仍留在教室內。

這次，教室裡多了海棠和曇華。

海棠的臉色非常臭。

「為什麼我得加入這種愚蠢的活動？」

「要不是儀式限定要三個人類才能進行，我也不想找你啊。班長和麗縚去校外參加比賽，宗蜮前天開始請假，好像老家那裡有工作要他做。」伊凡沒好氣地解釋。

雖然因為其他人請假而不得已找海棠幫忙，但仔細想想，如果班長在的話，她可能不會願意蹚這渾水，就算願意加入，也很可能引來葉珥德的注意，導致行動中止。

宗蜮雖然感覺對這方面的事很內行，但他身上帶著妖氣，或許不符合儀式的要求。至於麗縚，雖然她是相當好的搭檔，但她和班長太要好，蘇麗縚參與的話，班長也一定會加入，一樣可能會引起葉珥德的注意。

這樣看來，現在是最適合調查校園傳說的時機，海棠也是最適合入伙的同伴。

「和我們比較熟的人類只剩你了，我們也很委屈。」墨里斯挑眉。

「委屈個屁！」海棠暴怒。

「別生氣啦，海棠，贏的一方有獎品喔！」封平瀾誘之以利。「一年份的伙食費呢！」

「我沒窮酸到那種地步……」海棠翻了個白眼。

「少爺，這也是個鍛鍊自己的機會。若傳說是真的，能和凶靈對決是寶貴的戰鬥經驗呢。」曇華柔聲勸說。

「你要是怕的話也不勉強啦，我們可以去小學部找人湊數。」伊凡瞥了海棠一眼，「曦舫的小朋友，真的很棒。」

海棠勃然，咬牙切齒地開口，「我可以加入，但只有一個要求。我不要伙食費，我要你當我的下人，任我使喚一整個月。」

「噢，沒問題啊。」伊凡不以為然地笑了笑，「說得好像自己會贏似的。」

「伊凡，夠了。」伊格爾輕聲提醒。

「知道了啦。」伊凡總算願意偃旗息鼓。

「進行汖界儀式需要用到的材料，有三項是可以由學生自行向咒法器材倉庫申請，四項是要由教職人員開授權單才能取得？」聽完封平瀾的報告，璁瓏皺起眉。「感覺挺麻煩的？」

「不會呀，我們已經成功一半了呢！」封平瀾興奮地說著。「雖然沒辦法拿到班導或授課老師的授權書，但只要拿到拿到一般教職員的授權書，就能光明正大地進器材庫。然後我們只要再派兩個人，一個引開管理者注意，一個趁機去管制區A區拿東西，然後再迅速離開，就湊齊所需了。」

「喔，好簡單喔。」伊凡語帶酸意地說著。

「不要以為每個人都和你一樣無能。」璁瓏嘲諷。

封平瀾娓娓道出計畫。「因為明天晚上要留校進行儀式，所以最好在今晚就備妥所有的東西。我們需要有人負責把風，有人留在教室裡坐鎮，也要有人前往倉庫，還要有人負責取得授權書。」

他在腦中推演著各個環節。「前兩項需要比較多人，後兩項人數盡量精簡，以免太多人同時行動，反而節外生枝。」

「我和冬犽可以前往倉庫偷藥。」百嘹主動開口。

冬犽瞥了百嘹一眼。

對方回以他燦爛的微笑。

「我負責把風！」璁瓏開口，「我和希茉還有墨里斯可以一起行動。」

「我覺得璁瓏你們還是留在教室裡比較好。如果我的契妖同時都不在教室，應該會引起老師注意。」

「喔，好吧……」璁瓏悻悻然地嘆了口氣。

「砰！」

一記爆裂聲及玻璃破碎聲響起。

幾乎是同一時間，坐在牆邊座位的封平瀾，頸邊傳來一陣輕微的刺痛。

眾人嚇了一跳，轉頭望向聲源。

只見希茉有如闖禍的小狗一樣，慌張地看著大家。她的手中還捧著一瓶香檳，瓶口正不斷地冒著泡。

「妳在幹嘛？」

「我、我想說……先吃晚餐……」

「怎麼會有香檳？」冬犽詢問。

「這、這是以前買的！因為這幾天全都喝同一款啤酒，想說換口味，才拿出私藏很久的香檳……」

「啤酒也不便宜吧？她一天喝掉一箱，你們的經濟狀況到底是闊綽還是拮据啊？」伊凡疑惑地問道。

「有免費的。之前學校外面巷子有人在辦活動，放了兩大座啤酒堆成的塔，活動結束後他們都不要，我就把它收下了。」冬犽解釋。

那是人家辦喪事剩下的吧……

海棠和封平瀾互看了一眼，心照不宣地沒有多言。

伊凡望向牆面。牆上的小時鐘被激射而出的瓶塞撞出一道裂痕，已經停止走動。

「那個要怎麼辦？」

「等我們有錢之後會賠償的。」冬犽認真地說著。

「噢，無所謂啦。」伊凡看向封平瀾，「話說，向教師拿授權單這個關鍵的任務，誰要負責？」

「我。」封平瀾咧起笑容，「我知道有誰可以幫我們。」

Chapter 3

立死旗的言論只要說得夠多，反而不會死

醫療中心。

昏暗的辦公室裡沒有開燈，夕陽的餘輝灑入，在地面及牆面拉出了一道道大小小長短不一的影子。

悠揚的古典音樂，自一臺小型音響中流泄而出。

頎長的身影坐在椅子中，雙手交疊，拘束而嚴謹地擱在小腹上方。冷峻的容顏，雙眸閉上，寂然不動，有如精美的雕像。

倉促的腳步聲自走道傳來，由遠而近。

奎薩爾睜開了眼，眉頭微蹙，望向門扉。

他輕輕地動了動食指，音響按鈕上的影子化為緞帶狀，旋住按扭，將音量轉到最小。

片刻，腳步聲在門扉後停止。兩記禮貌的叩門聲響起，接著，門鎖轉動，小心翼翼地緩緩朝內開啟。

最後，封平瀾掛著憨笑的臉孔，自門後探出。

果然……

「嘿嘿，奎薩爾，是我啦。」

封平瀾帶上門，笑著走到奎薩爾的辦公桌前，看著對方，然後發出一陣愚蠢而滿足的憨笑。

「呵呵呼呼呼……」

辦公室內公告欄上，那張拒絕校園職場性騷擾的海報上頭印著的猥瑣大叔，笑容和封平瀾的詭笑相互輝映。

奎薩爾眼神如冰，森然開口，「有事？」

封平瀾嘿嘿傻笑兩聲，不好意思地抓了抓頭，「喔，其實是想找你幫個忙。可以幫我開器材申請的授權單嗎？」

奎薩爾挑眉。

他只是掛名的冒牌校醫，不了解校內的行政運作。

「噢，我有範本，它長這樣子。」

早就預料到了這一點而有所預備，封平瀾抽出手機，點開相簿，然後將手機遞到奎薩爾面前。

奎薩爾冷冷地看著面前的手機螢幕。

上面顯示的是他的側臉照，旁邊還繞了一圈花邊特效。照片的畫質不是很好，顯然是從某張照片裡截圖放大的產物。

奎薩爾的臉更陰沉了幾分。

封平瀾見狀，疑惑地將手機轉向自己，發現了錯誤。

「啊！抱歉抱歉，點錯圖片了。」

他趕緊叫出正確的圖片，同時笑著解釋，

「那個是上次出任務時拍的啦，你那時站在冬犽後面，剛好入鏡了……呃，這不是偷拍喔！」

奎薩爾沒有多大的反應。他根本對那些理由沒興趣，只希望辦公室裡快點回復寧靜。

「這一張。」封平瀾把正確的照片遞到奎薩爾面前。

奎薩爾瞥了一眼，然後望向辦公室另一隅的櫥櫃，淡然開口，「第二格。」學校給的所有文件表單都收在櫃子裡。他分不出那些紙張的差異，便統一堆放到櫃子空著的格位裡。

「喔，好的！」封平瀾走向櫥櫃，拉開，裡頭堆放著一大疊格式大小不一的文件和表單。「哇，好多。」

他伸手開始翻找。

奎薩爾雙手環胸，望向窗外，看著那逐漸變得昏暗的天空。

他本來以為可以安靜個幾秒，但封平瀾才翻找了片刻，便開始製造聲響。

「奎薩爾，你看過幽靈嗎？我們明天晚上要留下來，進行校園傳說的召喚儀式，聽說會叫出凶靈呢！」

奎薩爾的目光仍望向窗外，沒有回應。

封平瀾也不因此氣餒，他已經習慣這種自言自語式的對話。

「不曉得會不會很恐怖……對了，幽界有幽靈嗎？妖魔死了以後，也會變成鬼嗎？」

奎薩爾沒回答，但腦中浮現了過往戰場上殘酷的殺戮，以及慘死在他劍下的無數生命。

「如果真的有幽靈的話，感覺也很浪漫呢！」封平瀾的語調中帶著憧憬，「這樣死亡也變得沒那麼可怕了。比起死亡本身，因為死亡而帶來的分離和消失，才是最讓人覺得害怕的吶……」

聞言，望著窗外的紫眸，不自覺地轉回屋內，望向那站在櫃子前的身影。

正好和封平瀾四目相接。

封平瀾頓了一下，然後咧起燦爛的笑容。

奎薩爾覺得那笑容開朗得有點刺眼。

「找到了。」封平瀾拿著手中的表單，走向奎薩爾，「在這裡簽名，其他項目我來填就好。如果奎薩爾有上課的話，就可以直接授權領取所有器材了呢。」

封平瀾將表單放到桌面。

奎薩爾的辦公桌上什麼都沒有。封平瀾從口袋中拿出了筆，遞給奎薩爾。

筆桿從口袋抽出時，掉落地面，朝著奎薩爾的腳邊滾去。

「啊，抱歉！我來撿就好！」

封平瀾趕緊向前，移動到奎薩爾的旁邊，然後彎腰——

微但清晰、**強烈的腥甜，撩撥似地襲來。**

奎薩爾的身子微微一震，眼睛閃過一陣紅光。

他瞪向封平瀾。

封平瀾的動作在他的眼中放慢，身影占滿了他的視線。

接著視線逐漸聚焦，聚焦到對方的臉。

接著是下巴。

接著是領口、頸項。

——在頸子邊，有一道細小的傷痕，滲著鮮紅的血。

蒼白的大掌有如獵鷹一般，猝然伸出，扣上了封平瀾的慢動作，扣上了那瘦弱的咽喉。

「呃！」封平瀾彎腰半蹲到一半，僵在原地，瞪大了眼，「怎麼了嗎？」

奎薩爾的拇指，輕輕地撫過脖子上的傷口，抹去那已半乾的血珠，接著鬆開。

他將手移到眼前，雪白的指腹沾染上了殷紅。

「咦？」

封平瀾看著奎薩爾手上的血，下意識地摸了摸脖子，感覺到一陣刺痛。

「什麼時候受傷的……啊，大概是時鐘的玻璃……」

奎薩爾將手伸到自己面前，輕輕舔去指尖的血漬。

封平瀾莫名地耳根發熱了起來。

奎薩爾無視僵硬石化在地的封平瀾，逕自拿起筆，在授權書上快速地簽了名。他放下筆，冷冷地望向尚處於呆愣狀態的封平瀾。

「還有事？」他冷聲詢問。

「喔喔，沒了沒了！」封平瀾回神，咧起傻笑，「謝謝你奎薩爾！啊，我們明天晚上會留在學校，在十二點時開始儀式，你如果有興趣的話可以一起來——」

上課鐘聲響起，打斷了他的話語。

「啊啊啊我該走了！拜拜，奎薩爾！」封平瀾趕緊收起授權單，匆匆離去。

奎薩爾的目光望向窗外。

天色已經變成深黑，天空被濃稠的黑紫色密雲布滿，將整座校園籠罩在一片不祥之中。

次日，參與賭局的眾人，在白晝時順利地將素材搜集到手。

影校放學後，通往結界內空間的鏡道關閉。

封平瀾一行人在影校下課後，暫時待在通往天臺的樓梯間。等所有的學生散去之後，再趁著夜色，悄悄前往頂樓的備用教室。

備用教室非常空曠，僅有兩個掃具櫃，課桌椅零散地擺在各處，以備不時之需。

他們將窗簾一一拉上，並打開手電筒。手電筒的光在黑暗的教室裡晃動，給人鬼影幢幢的感覺。

雖然校方並未規定影校學生下課後不能在校內逗留，但畢竟是要做違規的事，總不能太高調，引來守夜老師注意。

「好刺激喔！」封平瀾拿著手電筒，自下而上照著自己，「這讓我想到國中隔宿露營，我們一群人躲在帳蓬裡輪流說鬼故事，還有人玩碟仙呢！超恐怖的！」

「喔，然後呢？」

「然後巡視的老師突然出現，掀開帳蓬，痛罵了我們一頓，還罰我們在營地裡交互蹲跳。」封平瀾抓了抓臉，感慨惆悵地說著，「真的，超恐怖的……」

不曉得恐怖的是老師還是鬼故事。

墨里斯把教室裡散亂的桌椅堆起，整齊地靠牆擺放。接著冬犽以驚人的效率掃地、拖地，把地面清潔得光可鑑人。

璁瓏一邊擦窗，一邊抱怨，「為什麼我要做這種事……」

「手冊上寫的，儀式必須在乾淨整潔的空間進行。」封平瀾開口，「反正有冬犽在，省力多了。」

話雖如此，但當冬犽正要拿出地板專用蠟時，還是被封平瀾制止。

接著，一行人開始布置召喚儀式的魔法陣。

伊格爾跪在地上，握著特殊材質的粉筆，在地上畫起構造繁雜的幾何圖形。三角形的外圈被繁複的圓與尖角包圍，各個角落和線條上，寫著無法閱讀的古老語言。

其他人則在各個角落安放施咒的器具。

法陣中央處的地面，堆著一小堆顏色詭異的枯枝，枝上放著一個小銅甕，甕裡裝了些許的清水。

墨里斯彈指，枯枝堆便冒起一簇火花，接著整堆的枯枝燃燒起深藍紫色的光。

十一點五十三分，眾人就定位。

伊格爾、海棠和封平瀾站在內圈三角形的各一角，契妖們則是站在外圈

的圓框裡。

內圈的三人，同時吟誦著咒語。

低沉的誦唄聲，在教室內迴響。帶著力量的咒語，在空間內佇留，形成有如回音一般的聲響。音與音堆疊，組成不同的詞語，編織出強而有力的能量網羅。

晃盪的紫色火燄，將眾人的影子捏塑成扭曲的樣貌，影子隨著火光在牆面上顫動變形，有如在地獄中受難掙扎的冤魂。

鍋下的紫色火燄，彷彿有股詭異的魔力，契妖們出神地盯著那變動翻騰的紫燄，目不轉睛，不自覺地入了迷。

圈內的三人看著小抄上的字，專注地吟唱，以防出錯。

沒有人發現，地面上的法陣飄起淡淡的藍色光霧。光霧快速地竄升，擴散，一下子就貼覆住整間教室，然後滲入牆中。

法陣內，定點的各個角都放置著一顆通透的玻璃珠。珠子上頭映著的教室景象，開始扭曲，像是滴在水面上的油彩一般，旋轉變形。

咒語吟誦完畢，三人閉上口，聲音卻仍在教室內迴響，過了片刻才消失。

眾妖回過神，有點詫異地發現自己剛剛竟然盯著火燄出神這麼久。

伊格爾拿起一包粉末，倒入壺中。接著，他與封平瀾及海棠，三人各自拔了幾根頭髮，扔到火燄中。

火燄猛地竄升，隨即迅速熄滅。

在那一刻，封平瀾有一股暈眩感。他不確定是枯枝焚燒的味道讓他感到不適，還是另有其他原因。

最後，封平瀾、伊格爾和海棠各自拿起湯匙，喝了一口壺裡的東西。三人同時皺起眉，發出一聲噁心的低吟。

儀式完成。

眾人屏息以待，左右張望了一陣。

然而，什麼事也沒發生。

「所以，說好的凶靈呢？」璁瓏沒好氣地詢問。「還在校門口填訪客登記簿嗎？」

「愚蠢至極……」海棠輕嗤。

「勝負一目了然。」冬犽非常開心地轉向伊凡，「那麼，接下來的帳單就有勞您了。」

伊凡有點惱怒，但畢竟自作自受，無法耍賴反悔。

他嘔氣地踢了放在法陣上的玻璃珠。珠子朝著講臺前滾去，發出清脆的滾動聲。

骨碌碌——

骨碌碌——

骨碌碌——

骨碌——！

然後，驟然停止。

不自然的聲音變動，讓眾人回首。

只見一名戴著口罩、身穿實驗袍的男子，不知何時，竟出現在教室內。男子的實驗袍上沾滿血汙，手上拿著鑽子及手術刀，口袋裡則插著各種看起來非常銳利而驚悚的醫療器具。

「是死醫！」封平瀾從對方的打扮判斷出身分。「沒想到是真的！我第一次見鬼呢！」

「是喔，要不要拍照打卡一下？」璁瓏沒好地道。

「我們成功了！」伊凡興奮地開口，欣慰而感動地看著那帶著不祥之氣的男子，「哼！我就說有吧！先知總是寂寞的！」

「可是，這東西並不恐怖啊。」墨里斯雙手環胸打量著死醫，「沒有人逃跑，你還是輸了。」

「無聊……」海棠翻白眼。「可以回去了嗎？」

伊凡惱怒地瞪著死醫，接著像電影裡那些無知的白目小鬼一般，開口吆喝。

「你只會呆站在那裡嗎？雙腳直立而行這種事連猿人也做得到！讓我們見識一下你那肢解百人的手法吧！」

彷彿回應著伊凡的挑釁，死醫輕輕地舉起手，然後揮下。數道銀光閃過，七、八支帶著鏽斑的手術刀，朝教室內的一行人疾射而來。

冬犽站在最前方，從容地舉起手，打算召出風壁擋下攻擊。

然而，手停在半空中，什麼東西也沒有。

冬犽瞪大了眼，錯愕在地。

眼看手術刀即將刺中他時，百嘹一把從旁將冬犽拉開，兩人跌撞到牆邊。

「那男人讓你看到入迷了？」百嘹欺身壓在冬犽身上，戲謔地搖了搖頭，

「品味不是很好呢……」

冬狩並未理會百嘹，而是吃驚地看著自己的手。他再度嘗試施展妖力，卻依然什麼事都沒發生。

「我的妖力……消失了？」

「怎麼會？你吃了自己做的料理了嗎？」百嘹不可置信地嘗試發動妖力。

「我的咒語也使不出來！」一旁的璁瓏慌張地開口。

「我也是……」曇華面帶憂色，「無法召出劍之華……」

不只妖力無法使用，靠著妖力發動的武器，也無法召喚啟用。

眾人驚恐地意識到情況不妙。

死醫發出一陣呻吟，聽起來像是在笑，又像是在哭。

雖然戴著面具，但每個人都可以清楚地感覺到他的愉快，彷彿獵人看見負傷獵物般的快感。

「沒關係，我們人多勢眾！」伊凡開口。

「所以現在是要圍毆他嗎？」封平瀾傻傻地開口。

「比拳頭的話我沒問題！」墨里斯摩拳擦掌。

死醫哼了聲，再度揮動手術刀。

刀上黑濃的血液濺落在地，點點的黑血化成黑煙，聚成人形，轉瞬間變成一具具死狀悽慘的怨魂。

原本是三個人和七個契妖，對上四隻凶靈。現在是十一個沒有妖力的血肉之軀，對上一整群嗜血凶殘的死靈大軍。

「哪有這樣的？犯規啦！」伊凡不可置信地大叫。

「呃，其實不算犯規，那本小冊子上面有寫，四凶靈控制著那些死者的靈魂，將怨靈化成自己手下的鬼卒。」封平瀾解釋。

「誰管那些啊！」

面對著不斷逼近的鬼卒，以及契妖失去妖力的震撼。現在他們唯一能做的，就只有——

跑啊！

Chapter 4

若要去鬼屋探險，最好約自己討厭的人同行，如此一來每一場生離死別都會有如跨年慶典

封平瀾等人衝出教室，狂奔。

「為什麼妖力會消失?那本冊子裡有說明嗎?」墨里斯邊跑邊問。

「呃，沒有。」封平瀾回答，他突然靈光一閃，「可是──」

話語還沒說出，就被打斷。

「我剛才最後一個離開教室。」伊凡一邊跑，一邊氣喘吁吁地開口，「所以算是我贏!」

「你是嚇呆了吧!」璁瓏冷哼。

一行人奔跑了一陣，下了樓，轉入了理科器材室，接著匆匆關上門。

「看來我們暫時甩開它了。」封平瀾喘著氣，小聲開口。

「現在……怎麼辦……」希茉緊張地細聲詢問。

她抓著胸前音叉造型的墜子。原本那是她的武器，沒辦法使用妖力啟動的墜子，此時只是個單純的飾品。

「都是你出的餿主意!」海棠火大地揪住伊凡的衣領。「你這白痴!」

方。

「海棠少爺！」

曇華連忙制止海棠粗魯的行為。伊格爾也向前，護在失去妖力的伊凡前方。

「冷靜點，情勢並非對我們完全不利。」封平瀾趕緊開口說明情況，「凶靈在具現化之後，變成可以觸碰的實體，這代表我們的攻擊會對它們造成影響。」

「所以是有可能將它們殺死的？」

「凶靈是已死之身，我們的攻擊只能阻擋它們的行動，沒辦法消滅或殺死對方。但是我推測，受到的攻擊越嚴重，它們需要的復原時間越長。這可以為我們爭取不少時間。」

眾人聞言，士氣稍微恢復了些。

「既然知道對方不是無敵的，這樣就夠了。」墨里斯按了按手指關節，「肉搏戰我隨時奉陪。」

其他的契妖仍面帶憂慮。

「我沒有試過完全不用妖力的戰鬥。」冬犽苦惱地低語。

「少爺……」曇華歉疚地開口，「非常抱歉……」

海棠沒好氣地哼了聲，「妳說過，這是寶貴的戰鬥經驗，所以我才參與這可笑的活動。」

說著，他抽出馬刀，「此刻，正如妳所言，我確實遇到了磨練自己的機會，所以，不須道歉。」

「少爺……」曇華感動不已。

「耍什麼帥呀。」伊凡不以為然地嘀咕。

「接下來要怎麼做？」

「避開攻擊，然後想辦法離開學校。」封平瀾思索著開口，「手冊上說，儀式雖然會讓凶靈現身，但它們無法離開校園本身的結界，天一亮就會消失。」

封平瀾笑了笑，「所以，就直接放置PLAY吧，哈哈哈哈——」

正說著話，卻見一片黑色的物體，緩緩垂落，擋住了他的視線。

封平瀾抬頭，只見一名穿著修女服的女子，面容焦爛，頭下腳上，有如蝙蝠一般，從天花板上垂掛下來。

「啊啊啊啊！」

封平瀾驚叫著跳開。

是墮落聖女！

眾人自原地分散，各自進入警戒狀態。

墮落聖女的十指尖銳細長，只見它彎起腰，有如爬蟲，在天花板與牆面之間快速地移動，接著鎖定目標，倏地揮掌。

百嘹急向後退，但慢了一步，尖銳的指尖劃過他的胸口，留下了四道血痕。

百嘹看了看身上的傷，苦笑，「妳可不是第一個在我身上留下抓痕的人呢。」

墮落聖女再度揮掌，但手爪甫舉起，就被金屬製的地球儀狠狠地砸頭。懸在半空中的身子，不穩地重重一晃。

百嘹挑眉，看見站在女子身後的冬犽，一手抓著磅秤，一手握著地球儀，臉上漾著淺笑，笑中帶著明顯的不爽。

下一刻，雪白的身影一個箭步衝向前，躍起，以有如灌籃之姿，將磅秤與地球儀狠狠朝著對方的臉連番重砸。

帶著泥灰的烏黑髒血灑下，濺了冬犽一身。

墮落聖女發出機械般的呻吟，隨即抓著牆面快速爬竄，從氣窗離去。

百嘹走向前，玩味地打量著冬犽，「髒了呢。」

冬犽隨意地抹了抹臉上的血汙，揚起冷笑。「很過癮。」

在危險急迫的氛圍之中，兩人的周遭硬是被畫分出了一塊帶著曖昧氣息的領域。

眾人非常有默契地突然喉嚨癢，同一時間發出了乾咳聲。

「呃，它們只是暫時無法移動，我們得快點離開這裡！」封平瀾連忙提醒大家。

離開理科教室，眾人往下移動，但來到樓梯的盡頭時，才發現樓梯口的鐵門已降下。

「該死的！」墨里斯重踹了鐵門一記。

「有其他出口嗎？」璁瓏詢問。

「有，但是不知道有沒有關閉……」封平瀾快速思考，「上二樓，到北面的走道，北面的一樓走道有棚頂，我們直接從二樓爬到棚頂上，再跳到地面。」

一行人折返，上樓，在走道上狂奔。

正要轉彎時，走道的轉角處，一個魁梧雄壯的人影出現在彼端，擋住了眾人的去路。

穿著工作服的男子，一手拿著園藝用大剪，一手握著斧頭。他的褲管上沾滿了泥土及看似肉塊的暗紅碎屑，身上處處黏著枯枝與樹葉。

園丁現身，擋住了封平瀾一行人的去路。

眾人連忙停下腳步，打算折返。

此時，背後傳來一陣低吟。轉過頭，只見墮落聖女正趴在天花板上，沒有瞳孔的白色眼眸凶狠地瞪著他們。

前有園丁，後有墮落聖女，他們被包夾了。

墮落聖女張開口，一團一團深紅色肉塊掉落在地面上，發出黏膩的聲響。接著，一塊塊的肉，化成了一個個四肢殘缺的死卒。

「真不衛生……」墨里斯皺眉輕嘆，他壓了壓關節，「戰鬥了！」

園丁率先發動攻擊，朝著中央的人衝來，同時揮動大剪。

墨里斯衝向前，閃開了大剪的攻擊，但園丁另一手握著的斧頭隨之劈砍而來。墨里斯的動作更快，他一把抓住了對方的手腕，接著膝蓋向上用力一頂。

「啪嚓！」

斷裂聲響起，園丁的手臂九十度向外凹折。握在手中的斧頭也掉落在地，向前滑去。

滑行的斧頭倏地被一隻腳踩住。

冬犽拾起斧頭，一個旋身，向前邁步，左劈右砍，將修女召出的死卒一一擊倒，開出一條道路。

他的目光移向天花板上的墮落聖女，舉起斧頭，拋甩出去。

斧刃正中墮落聖女，深深地劈入那扭曲的臉龐。對方發出一聲尖利的悲鳴，摔落在地面，隨即消失。

「走這裡。」冬犽催促著後方看傻眼的眾人。

一行人回神，快速奔離現場。

「為什麼不走另一端？」奔走時，百喨好奇地開口。

「我不確定園丁的攻擊模式，但很確定墮落聖女的招式只有爪子和死卒。

所以決定先解決較熟悉的敵人。」冬犽回答。

「這樣呀。」百嘹露出意味深長的笑容。

冬犽轉頭，笑著反問，「不然呢？」

百嘹淺笑轉過頭，壓低嗓音開口，「那只是小傷罷了……」

冬犽愣了一瞬，但立即回復正常。

「我不知道你在說什麼。」

忽地，數道枷鎖及鐵鍊，如鞭一般猛地甩下，在地面上穿刺出深深的裂痕。

眾人回首。

一名穿著軍服、枯瘦如骷髏的男子，手持枷鎖，領著一票穿著囚衣的死卒，擋住另一端的去路。

第四位凶靈，典獄長現身。

「還來啊？」璁瓏厭煩地開口。

典獄長甩動鐵鍊，死卒們便如潮水一般湧上前。走道後方，園丁的死卒也在這時趕上。眾多的死卒塞滿了走道，朝中央的眾人推擠。

「這裡空間太小，沒辦法戰鬥！」墨里斯猛地撞開身旁的教室門扉，「進去！」

眾人連忙退至教室內。

教室地面鋪著木地板，中央放了一架鋼琴。牆邊的架上，也擺滿了各種樂器。這裡是音樂班的教室。

死卒隨著封平瀾一行人湧入教室內。

在寬敞的空間裡，墨里斯大展拳腳功夫，擊退死卒。

海棠抽出馬刀，以極高的效率一一斬殺敵人。

伊凡、伊格爾、冬犽、百嘹及曇華，各自拿起譜架、椅子，以最原始的方式毆打敵手。

封平瀾也抄起兩根鼓棒，俐落而帶著節奏感地打退襲來的死卒。

「不錯嘛。」墨里斯讚賞。

「之前常去地下街打太鼓達人。」封平瀾得意地笑道，擺出了威武的揮棒姿態，往死卒的腦袋敲去。

唯一沒有加入戰場的璁瓏，正悠哉地站在墨里斯的附近納涼。

他選了個好位置，墨里斯的攻擊範圍有如一道屏障，阻擋了每個靠近的死卒。

墨里斯旋身，發現站在牆邊打混的璁瓏。

「別打混，來幫忙！」他喝道。

「不要，我不擅長近身戰。」璁瓏理直氣壯地開口，「這種粗活還是交給你吧。」

墨里斯咒罵了聲，踹開了身邊的死卒，接著轉身，像拎小雞一般地把璁瓏整個人揪起。

「喂！你幹嘛！」璁瓏掙扎。

墨里斯抓著璁瓏，走向教室中央，向上一躍，把他掛在天花板上的風扇上，接著跳下，重返戰場。

「該死的！放我下來！」璁瓏大吼。

掛在空中的他有如誘餌，死卒們如魚群般被吸引，紛紛靠近。

「走開！走開！」璁瓏揮腳，把死卒踢開對墨里斯怒吼，「你給我記著！」

希茉也不擅長近身戰，她握著譜架，笨拙地攻擊，一下子就被死卒逼到了角落的鋼琴邊。

「不、不要過來！」她哭喪著臉小聲地阻嚇。

死卒繼續靠近，舉起了手，朝她揮來。

希茉放聲尖叫，扔下譜架，一把抓住對方的頭，往琴鍵上砸去。鋼琴發出了一陣響亮的噪音。

接著她抽開手，雙手用力將琴蓋扣下。

腦袋發出一聲清脆的碎裂聲，死卒再也不動。

希茉連忙後退，但甫一退便猛地撞上另一個冰冷的身軀。

她回過頭，竟是典獄長！

典獄長張開那腐爛的嘴，希茉嚇得臉色發白，尖叫著隨手抓起一旁的長笛，朝著那黝黑的嘴裡戳捅而入，然後快速地拔出，再捅入。重複了幾次之後，最後一記，深深地插入了典獄長的口中，沒入咽喉。

典獄長開口，卻發出了一聲長笛清脆響亮的音階。

它向後退了兩步，跌坐在地，隨即消失。

教室內的死卒瞬間消失了大半。

希茉驚魂未定，眼眶泛淚，無助地哽咽。

「好、好恐怖……」

眾人看著希茉，不知道該說她是強還是弱。

解決了剩餘的死卒，一行人離開教室，穿過迴廊，前往北面大樓。

走道邊外牆下有遮雨棚，縮短了直接落地的距離。

「終於可以結束這齣鬧劇了。」

海棠嗤聲，接著雙手扶在圍牆上，準備翻牆。

眼看就要結束這不安的驚魂夜，但海棠的身子才超過圍牆半分，便被一股看不見的力量，震回圍牆內。

海棠跌坐在地。

眾人錯愕，不曉得發生了什麼事。

「有結界……」曇華扶起海棠，面有憂色。

眾人看向圍牆外。

只見牆面上方浮現出淺藍色的薄霧，延伸並包圍著整棟教學大樓。海棠剛撞擊之處正泛起一陣陣漣漪，接著緩緩消失。

眾人的臉色頓時變得凝重。

現在的情況，恐怕比他們預想的還嚴峻許多。

「離白晝還有五小時。」封平瀾看手表，「不確定它們什麼時候會復原，還有多少體力……」

經過剛才的戰鬥，眾人臉上都出現疲態。特別是失去了妖力的契妖們，看起來比平時虛弱許多。

「那怎麼辦？」

「只能打給班導，拜託他來救我們。」封平瀾開口，「雖然很遜，但這是目前最好的解決方式。」

也只能這樣了。

「可能要想其他方法喔。」百嘹苦笑著拿起手機，「沒有訊號，網路和通話都沒有。」

「什麼？」

其他人紛紛拿出手機，訊號格也都是零。

封平瀾試著撥電話，結果無法撥出。

「沒有停止儀式的方法嗎？」冬犽詢問。

「小冊子上沒寫。」封平瀾拿出一直隨身帶著的本子，「我想，或許另一本空白的冊子上藏著某些訊息，只是我們沒發現。因為，如果沒用的話，不會被刻意包在書皮裡。」

「那空白冊子呢？」

「我以為沒什麼用，就沒帶著。它和那本書都放在我的座位抽屜裡。」

「看來只能回教室一趟了。」

一行人再度啟程，繞過校舍，回到了熟悉的教室。

一路上，沒有任何凶靈，也沒有死卒的影子。

封平瀾匆匆步入教室，走向自己的座位。

就在幾步之遙的距離，一道白色的繃帶倏地朝他射來，捲住了他的雙手與身體。

「啊！」

繃帶向後拉扯，將封平瀾拉離座位，甩向牆面，將他頭上腳下地固定在一旁。

不知何時到來的死醫，隨即對著其他人發動攻擊。這次它沒叫出死卒，而是親自對付所有人。

擅長近身搏擊的墨里斯對它使出招招致命的攻擊，但死醫的動作相當靈活，一一躲過，並趁隙揮刀，銀光一閃，在墨里斯的手臂上留下一道深深的傷口。

「唔！」

墨里斯的動作停頓了一瞬。

死醫趁機扔出兩支手術刀，釘在墨里斯的雙腳上。

墨里斯咬牙，奮力地想抬起腳，但是還來不及掙脫，就被繃帶迅速地纏裹住，無法動彈。

死醫以詭奇的步伐在眾人之間穿梭，所經之處，血花濺起，所有的妖魔都受了傷。

它的能耐遠超過想像，失去妖力的眾妖根本無可奈何。

「可惡……」冬犽摀著肩，痛苦而懊惱地咬牙道。

繃帶再度射來。眾人連忙閃躲，但希茉和璁瓏的動作較慢，被繃帶限制住了行動。

海棠緊握著馬刀，衝向死醫，使出俐落的劍術。

死醫以手術刀輕鬆地一一化解攻勢，接著抓住破綻，舉腳用力一踹，把海棠踢向角落。

海棠猝不及防，重重地撞上掃具櫃。

「少爺！」

「我沒事！」

海棠咬牙，快速站起身，他隨手抓住一根擦氣窗用的長柄抹布，以馬刀斬去前端。

「曇華！」

他將長竿射向曇華。

曇華伸手接住，然後揮竿打掉朝她射來的飛刀。但其中一支飛刀刺中了她的手臂。

曇華咬牙，拔下了刀，朝死醫射去。鮮血自上臂汩汩流下，染紅了衣袖。

她奔向海棠，護在海棠前方。

「讓開！」海棠怒吼，「我能戰鬥！現在的妳派不上用場！」

「海棠少爺……這是我的職責，我生來便是要為您赴死……」

「住口！」

掛在牆上的封平瀾，不識相地打了個嗝。

眾人及死醫紛紛回首。

「呃！抱歉，晚餐我吃糯米飯糰，有、有點脹氣……咳咳！」封平瀾傻愣愣地解釋。

趁著死醫回頭這一瞬間的空檔，海棠猛地從曇華身後竄出，舉起馬刀，朝對方揮刺而去。

但是，死醫的動作比他更快一步。醫生投出兩支手術刀，金屬重擊產生的震盪，打歪了海棠的劍路。

死醫面罩下的嘴含糊地低吟了幾句話。

海棠的身子微微一震。

下一刻，第三支手術刀倏地射向海棠，並刺入他的胸口。

時間彷彿凝結了一般，眾人只能眼睜睜地看著這一切發生。

「海棠少爺！」

曇華悲慟地哭喊。她想向前抱住海棠，但是醫生彈指，數道繃帶射出，將她綑縛，無法動彈。

海棠站在原地，驚愕比看著自己胸前的刀，然後不可置信地看向醫生。

他想伸手拔掉刀，但是手甫舉起，身體便無力地倒下。

海棠倒地前，露出了複雜的神情。他沒看向哭喊的曇華，而是將視線直直地望向封平瀾。

他開口，似乎想說些什麼，卻只是吐出更多的血。

海棠努力地掙扎，抬起手，似乎想指向什麼，但是他的手掌像一隻垂死的蝶，顫抖著離開了地面幾公分，便癱墜回地面。

一陣令人難受的死寂籠罩。

死醫望著地上的海棠片刻，接著轉頭，望向教室裡的其他人。

冬犽率先回神。

他抓起地上的手術刀，奔向牆邊，割斷了封平瀾身上的繃帶。

封平瀾摔落地面，撞破了嘴。雖然很痛，但他咬牙忍住，奮力起身。

「快走！」

冬犽抓起封平瀾，半拖半架著他朝教室外移動。行動未被限制住的伊凡、伊格爾和百嘹，也快速衝出教室。

「怎麼會這樣……」

伊凡一邊跑，一邊震驚地喃喃自語。

「那傢伙真的死了？這只是個傳說，只是人類的鬼魂，怎麼可能這樣……」

伊格爾抓住伊凡的手，向他投以堅定的眼神。伊凡回以苦笑。

兩人相握的手忽然被一股強勁的力道猛地扯開，伊格爾也撲跌在地。

伊凡停下腳步，只見伊格爾的腳被藤蔓纏住。藤蔓的彼端，連結到站在走道彼端的園丁身上。

「快逃……」伊格爾趴在地上，向伊凡開口。

「說什麼蠢話！」

伊凡連忙蹲下，想要扯斷伊格爾腳踝上的藤蔓，但另一道藤蔓射來，捲上了伊凡的頸子，粗暴地將他扯離。

「伊凡！伊格爾！」封平瀾驚叫著停下了腳步。

「不要回頭，快走！」冬犽催促。

「可是——」

冬犽拉住封平瀾，強硬地抓著他前進。

封平瀾只能繼續向前。

「不——」

伊凡的慘叫聲響起。

封平瀾停下腳步回首。只見園丁高舉起大剪，朝著地面上伊格爾的腹部用力刺去。

伊格爾立刻吐出鮮血。

「不要看。」一旁的百嘹輕聲開口，將封平瀾的臉轉回前面。「你的路在前方。」

百嘹的語氣裡，有著他從未聽過的溫柔。

封平瀾咬牙，哽咽著開口，「接下來要怎麼辦？」

「我不知道。」冬犽溫柔地說著，「找出答案是你的任務。」

「可是我不知道啊……」封平瀾快哭出來了，「我不是召喚師，只是凡人，完全沒有戰鬥力……」

「我們現在和你一樣，都是沒有戰鬥力的凡人。」百嘹調侃。

「冷靜點，平瀾。我們失去了武器，但你的武器一直都在。」冬犽柔聲說道，「你的大腦是武器，你的思考是攻擊。要解決這謎團，脫出困境，只有靠你的武器才能辦到。知道嗎？」

封平瀾吸了吸鼻子，點了點頭。

「很好……」

腳步聲從後方追來，逐漸逼近。

「它追來了！」

冬犽突然停下腳步，百嘹也跟著停下。

「冬犽？百暸？」封平瀾錯愕地看著兩人。

「繼續你的腳步。」冬犽堅定地開口，「我來擋下它。」

「可是──」

「走！」

冬犽大吼，接著轉身，衝向追來的園丁。

「總是這麼衝動。」百暸苦笑，望了封平瀾一眼，「我去陪他囉。」

封平瀾只能咬牙，轉身，繼續跑。

Chapter 5

明明處境危險，但就是有人硬要把握時間放閃

他能跑去哪裡呢？

要怎麼做才能停止這一切？

他能辦到嗎？

封平瀾滿臉淚痕地向前跑。

黑暗的校園裡，只有他一個人的身影，一個人的腳步聲。

他討厭這樣。

他不怕黑，但是他害怕一個人。

噠……

噠……

噠……

噠……

腳步聲再度接近。

封平瀾加快腳步，但怎麼樣都甩不開緊隨在後的跫音。

跑啊！快點跑啊！

他在心中咒罵著自己。

一根藤蔓忽地捲住了封平瀾的腳。

他撲倒在地，臉磕向冰冷的地面，嘴唇傳來一陣劇痛，接著，腥濃的血味在嘴中漫開。

封平瀾忍著痛，勉強爬起身。

他轉過頭，只見握著斧頭和大剪的園丁，正站在他身後，染血的利器，朝著他逼近。

封平瀾想逃跑，但是腳上的藤蔓緊緊地纏著他，讓他無法掙脫，寸步難行。

走道上只有他一個人，只剩他面對敵人。

他的同伴都不在了。

他不怕敵人，不怕死亡，但他害怕只有自己一個人，他害怕他所在意的人消失。

噠……

噠……

噠……

噠……

逐漸清晰的腳步聲，化成恐懼，絞住封平瀾的心，令他感到窒息。

封平瀾閉上了眼。

在絕望之際，他喊出了內心一直深切渴望著，在最終之時最想見的人的名字。

奎薩爾……

過了今夜，奎薩爾該怎麼辦呢？

失去了同伴，奎薩爾應該會很傷心吧……他應該早點發現這傳說的危險性，制止大家進行儀式的……

失去了契約者，奎薩爾在人界的行動就更不便了。

那時候，影校的人還會願意幫助奎薩爾嗎？他們會要求奎薩爾和其他人類立約嗎？

封平瀾相信，為了找到雪勘皇子，無論發生什事，都不會改變奎薩爾的心志和目標。

為了留在人界，奎薩爾必定得妥協，和另一個人類立契。他完全可以理解奎薩爾的選擇，完全能接受。

只是，他想知道——

他消失以後，奎薩爾有沒有可能，偶爾想念他？

噠……

噠……

噠……

噠……

噠。

腳步聲在封平瀾面前停止。

封平瀾彷彿可以聽見那自刀尖滴落的血滴聲。

園丁的大剪高高舉起，刀尖對著他的頸子，猛地揮刺——

緊閉雙眼，他絕望地迎接生命的終點。

封平瀾再次低喚——

奎薩爾……抱歉，給你添麻煩了……

黑暗中，一道影子閃過，有如鞭子一般，朝著園丁甩擊而去。

黑影彷彿有生命一般，捲住了園丁的雙手，將那握著大剪的手，硬生生地向後扯斷。

「鏗鏘！」

金屬落地聲讓封平瀾詫然睜眼。

他看向前方，只見站在自己面前的園丁，已被數道黑影綑縛，拖向離自己數公尺外的距離。

封平瀾眨了眨眼。

他發現，面前地面上的影子忽然開始不自然地顫動，泛起漣漪，接著有如湧泉一般向上攀升。

接著，一道頎長冷峻的熟悉身影，自影中現身。

奎薩爾！

封平瀾驚喜不已。

「你來了！」

奎薩爾看了一臉狼狽的封平瀾一眼，看見對方染血的唇時，皺了皺眉，隨即撇開目光，看向園丁。

被影子束縛住的園丁不住地掙扎著。

「太好了，你的妖力還在……」封平瀾激動不已。

像是在回應封平瀾的話語一般，捆在園丁身上的影子忽地消失。

奎薩爾挑眉，看起來略微詫異。但他並未失去冷靜，在園丁衝向他的那一刻，他抽出腰間的佩劍，進入戰鬥狀態。

園丁舉起大剪，猛地朝奎薩爾刺來。奎薩爾閃過大剪，瞄準了對方出招後的破綻，凌厲地刺去。

劍刃刺向園丁的雙眼，奪去對方辨位的能力。

園丁動作停頓。

隨即刺向雙腳，割斷腳筋，奪去行動力。

園丁跪下。

接著，尖刃接連刺向咽喉、心臟，奪去生命。

園丁倒地，身子仍不斷抽搐。

奎薩爾挑眉，對於對方受了致命傷卻仍能活動感到不解。

「它是凶靈，不是一般人類或妖魔。」封平瀾解釋。

「那麼，它有機會死第二次。」奎薩爾揮刀，將那笨重軀體的肥膩頸部砍下，直接斬首。

園丁不再動作，自地面消失。

這就是奎薩爾。

幽界的戰鬼，奎薩爾。

封平瀾看著園丁消失的地面，然後望向奎薩爾。

「你來了……太好了……」

一鬆懈下來，封平瀾整個人無力地靠在牆邊。

奎薩爾看向封平瀾。

「其他人在哪裡？」

封平瀾搖了搖頭，痛苦地開口，「伊格爾和海棠死了，我不知道其他人後來怎麼了，我犧牲了冬犽他們，自己逃走……」

奎薩爾挑眉，似乎對這結果有點意外。

「還沒犧牲。」他冷聲開口。

契妖之間的契印會互相共鳴，他可以確定，另外五個伙伴還活著。

「真的？」封平瀾的眼中亮起了一絲希望。

奎薩爾抬起手，看著自己的手掌，嘗試著使出妖力，但體內的妖力不受他的控制。

「這空間有問題……」

「我們進行儀式後，大家的妖力全都使不出來，伊格爾和海棠的咒語也無效，然後四個凶靈輪流出現，攻擊我們。」封平瀾概略地說明狀況，「然後，我們被困在校舍裡，出不去，也和外界斷了聯繫。」

奎薩爾沉思，咀嚼著封平瀾的話語。片刻，開口。

「你打算去哪裡？」

「去頂樓的備用教室，我們是在那裡進行儀式的。我想，如果破壞法陣，或許就能打破困境……」

奎薩爾收起劍，朝著備用教室走去。

封平瀾趕緊跟上。

路上，一片沉默。封平瀾忍受不了這樣的安靜，他必須說些話分心，否則腦中會不斷重播海棠和伊格爾死前的面容。

「你怎麼知道我在這裡？」封平瀾詢問。

奎薩爾沉默了一秒，「……我和黑曜石鍊墜有連結。」

「這樣啊……」封平瀾點點頭。「那你怎麼會過來找我？」

奎薩爾沒有回答。

因為我感覺到你有危險……

他不可能說出這個答案。

兩人默默地走著。

經過西側的走道，月光從窗外灑入。

封平瀾這才發現，奎薩爾行經之處，有星星點點的血跡。

「你受傷了！」封平瀾驚呼。

奎薩爾沒有停下腳步，也沒有理會。

封平瀾快步向前，擋住奎薩爾的去路。

這時他才發現，奎薩爾的大腿，被藤蔓銼出一道深深的傷口。血液正不斷自那雜亂的切口汩汩流出。

「不要擋路。」奎薩爾森然輕語。

封平瀾抬頭。然後，做了個出乎奎薩爾意料的舉動。

他舉起手指，掠過自己沾了血的唇。接著，將那帶血的手指，朝奎薩爾的雙唇上一抹。

奎薩爾蒼白的肌膚，將唇上的血色映襯得更加妖異。

「你——」奎薩爾瞪大了眼。

血的味道侵入了他的嘴，咽喉被一陣飢渴感猛地攫住。

他將封平瀾推開，怒瞪封平瀾。

「奎薩爾總是逞強，受了傷都不說。」封平瀾平靜地說著，「你需要鮮血。」

「別自作聰明……」

「我不像奎薩爾那麼堅強。我的嘴唇破了，很痛。我的耳朵也受傷了，很痛。膝蓋、雙手，還有雙腳，全都很痛。」

封平瀾停頓了一秒，堅定地看著奎薩爾。

「但最痛的是這裡。」他指向自己的心。

「大家都不在了，我不要你也消失。」

他深吸一口氣。

「喝我的血。讓我看最厲害的那個奎薩爾。或者，丟下我這個累贅，離開這個危險之地。以奎薩爾的能耐，一定能撐到白晝。」

奎薩爾盯著封平瀾。

對方澄澈的眸子，讓他再無一絲一毫閃躲的空間。

心頭不由一陣騷動。

奎薩爾暗自嘆了口氣，伸手，撫向封平瀾的頸項。

隨即，他低下頭，緩緩湊近封平瀾。

封平瀾下意識地閉上了眼。

冷峻的薄唇貼上了封平瀾的頸子，那個剛結了痂的小傷口。

奎薩爾輕咬脖子，將血從那未癒合的傷口擠出，接著吸吮著那滴滴的血絲。

這樣，便已足夠。

啜飲過多，他會失去理智，化為嗜血的猛獸。

時間彷彿凝結在這一刻。

奎薩爾將封平瀾放開時，腿上的傷已復原了大半。

「我不可能丟下你。」

「奎——」

「走。」

奎薩爾簡短下令，接著轉身，繼續自己的腳步，朝著目的地前進。

「喔，好！」

封平瀾乖順地跟在後方。

雖然奎薩爾什麼也沒說，但是他可以感覺到對方身上，力量的泉源正湧流著。

兩人來到了備用教室，施行儀式之處。

地面上放著燒完的枯枝、銅鍋，還有完整的法陣。

封平瀾正要走向法陣，卻被奎薩爾拉住手。

「奎薩爾？」

奎薩爾將封平瀾推到一旁，快速抽劍，向前揮砍。

不知何時出現的死醫，舉起手術刀，擋下奎薩爾的攻擊。

封平瀾驚愕地看著死醫。

它為什麼會在這裡?!

他的同伴呢？璁瓏、希茉和墨里斯呢？

難道——

他不敢去想。

繃帶、飛刀，令人毫無喘息餘地的攻擊，猛烈地襲向奎薩爾。

死醫的動作非常快速而俐落。奎薩爾的劍術雖然高超，但是失去了妖力，對他非常不利。

過沒多久，奎薩爾便居於下風。

「唰！」

一個不慎，奎薩爾的手被繃帶纏住。

下一刻，兩支飛刀刺中了他的腿和側腹。

「奎薩爾！」

奎薩爾彷若毫無痛覺地拔出刀，射向死醫，繼續戰鬥。

封平瀾站在原地，面如死灰。

只能等死了嗎？

不，不該是這樣的——

……你的大腦是武器，你的思考是攻擊。要解決這謎團，脫出困境，只有靠你的武器才能辦到。

冬犽的話語浮現。

封平瀾立刻轉身，用腳把地面上的魔法陣胡亂抹去。

死醫並未消失。

好，這個方法沒用。

換下一個。

封平瀾深吸了一口氣，強迫自己冷靜下來開始思考，回想整個過程有什麼不合理之處。

哪裡不合理，哪裡就是關鍵。

首先，海棠和伊格爾真的死了嗎？

奎薩爾說其他契妖都還活著，沒有死亡。這是不是代表，海棠和伊格爾也有可能還活著？

之前的紀錄裡，並未有人死亡。而進行過儀式的凱因斯學長也活得好好的。

如果真的那麼危險，學校會放任這傳說流傳下去嗎？

日校生在放學後全都被嚴格地驅離校園，難道會放任學生在冬至的夜晚留校而不檢查？

一定有問題！

今天晚上，還有什麼不合理的事？

他回想著發生的一切，回想著伊格爾死前的樣子。

最後出現的，是書本封面的藍鬍子面孔。

原本關著的門，就讓它關著。

班導的話語在耳邊響起。

他之前竟然沒發現，這句話帶有多大的暗示。

當封平瀾再度抬起頭時，眼底浮現著通曉一切的明朗。

「奎薩爾。」封平瀾輕喚。

奎薩爾頓了一下，回過頭。

「我知道破解的方法了。」封平瀾堅定地開口。

話音方落，他彎腰撿起掉在地面的手術刀，將刀刃倒轉方向，對準自己的心口，猛地刺下。

在那一瞬間，奎薩爾瞪大了眼。

他的心臟彷彿停止。

奎薩爾轉身衝向封平瀾，想要制止他。

但是距離太遠了，失去妖力的他辦不到！

眼看尖銳的刀鋒就要沒入封平瀾的體內——

不——

刀尖在胸前半公分處猛地停頓。

只見刀鋒及那握著手術刀的雙手，被繃帶綑縛，制止了動作。

奎薩爾愣愣，轉頭，看著操縱繃帶的死醫。

封平瀾勾起狡黠的笑容。

「抓到你了吧。」

死醫長嘆了一聲，揮手。

繃帶掉落。

奎薩爾不解地看著眼前的轉變。

死醫的身子僵立在地，頭向下垂，像是失去動力的人偶一樣。下一秒，那高大的身影後方，出現了一個人影。

是殷肅霜。

奎薩爾露出訝異的神色，封平瀾則是露出意料之內的笑容。

「果然。」

「你是怎麼發現的？」殷肅霜對著封平瀾詢問。

「其實仔細想一想，就會發現校園傳說流傳的不合理之處。發現矛盾之後，要去推想追溯線索就沒那麼難了。」

首先是，從來沒有人因為調查校園傳說而死亡。凱因斯便是個例子。凱因斯是召喚師，或許很強，但是再怎麼樣也比不上他的契妖們。連冬犽、曇華那樣的狠角色都束手無策，凱因斯等人更不可能全身而退。

這樣一來，海棠和伊格爾的死，就大有玄機。

如果海棠和伊格爾沒死，那麼，他們臨死之前的狀態，一定留下了什麼線索——

他想到了海棠臨死前的樣子。想到海棠看著他，然後奮力地把目光移向旁邊。

海棠在看什麼？

旁邊只有牆。

牆面上有什麼？只有一整面靠走道的窗戶和一個時鐘而已，難道是窗外有什麼——

時鐘？

封平瀾回想著。

方才在教室裡，牆上的時鐘顯示的是正確的時間。

但那鐘在放學之前已經被希茉的香檳塞打壞了。

接著，他想起伊格爾死亡時的情景。

那時，大剪刺入了伊格爾的腹部，下一刻，伊格爾便狂吐鮮血。

非常觸目驚心的畫面。

但，腹部受傷，會立刻吐出鮮血嗎？

只有肺部受傷，才會那樣吐血。

當他細細思索，找出所有不合理的細節和線索之後，便拼湊出了事件的樣貌——

「綜合以上，我推測，根本沒有凶靈的存在，這一切都是召喚師做的。」封平瀾宣告，「這是一場效果驚悚的騙局。對吧，班導。」

其實這些破綻很容易被發現，很容易被察覺，但因為當下的情境和氣氛太過聳動震撼，讓人無法冷靜下來理性思考。

殷肅霜盯著封平瀾，眼中浮現了複雜的神情。

「很聰明，你是第一個看穿的。」

他對封平瀾的表現感到讚賞，卻又為此感到惋惜。

明明是如此出眾的人才，偏偏只是個平凡人類……

封平瀾不好意思地笑了笑，繼續開口。

「雖然我猜到真相，但很多地方我還是不知道你們怎麼辦到的。像是為什麼海棠他們會吐血？還有，你們大費周章地設下這個騙局，目的是為了什麼？」

殷肅霜輕笑，大方地揭開謎底。

「你們喝下去的粉末，全名是『咒寄蟲蛭卵鞘粉』。也就是蟲卵的粉末。」殷肅霜解釋，「吞下去後，血蛭的卵會附著在食道內壁，施咒後便孵化，接著擴散，遍布在咽喉和舌根，聽到指令便會有所動作。」

帶著機關的手術刀刺入海棠的前一秒，殷肅霜吟誦咒語。舌根和咽喉附近的血蛭吸血，接著爆裂，被抽吸出的血從口中湧出，看起來非常驚悚。

事實上，只有幾個比針孔還小的傷口而已。

血蛭在吸血時，同時釋放麻痺物質，迅速奪去宿主的行動能力，使得宿主無法對同伴說出真相。並且讓整個過程看起來就像是被刀刺傷心臟後，吐血而亡。

但是這招還是有缺點。

血蛭只能用於人類，無法施在妖魔身上。而且只要碰到身體，就能察覺對方還有心跳。

所以殷肅霜必須制止曇華觸碰海棠。伊格爾和伊凡的狀況也大同小異。

「那麼，放出這個傳言的目的，是為了要讓學生挑戰，挑出勇者嗎？」封平瀾好奇。

「哼，當然不是。」殷肅霜冷笑。

「那不然是為了什麼？」封平瀾不解。

殷肅霜冷哼一聲。

「歲末了，要大掃除，我們缺愛校服務的人手。因為清掃的是影校，不能找一般生，所以就設了陷阱來抓那些愛挑戰禁忌、不守規矩的小屁孩來做苦役。」

封平瀾愣愣，「啊?!竟然是這樣的理由——」

「破壞圖書館的藏書、潛入倉庫禁區偷取學校資產、深夜逗留學校，這些罪刑說輕不輕，說重不重，派去勞動服務正好。」

太卑鄙了吧……

「那為什麼學長姐都不肯說？是你們威脅他們嗎？」封平瀾想到凱因斯的態度，還有缺了一期的校刊。

「我們要求那些犯禁的學生不准張揚，並且，如果有新生向他們打探消息的話，不能透露半分內容，只能勸退，然後以暗示的方式，要新生自己去找答案。」

殷肅霜笑了笑。

「試膽的這些過程，全都被錄下了。人在以為自己將死之際，很難從容不迫，總是醜態畢出。學生們不希望那樣的影片外流，自然會乖乖配合。」

「為什麼要這樣啊？要求他們透露更多資料給我們，不是比較有利？」封平瀾不解。

「這算是給你們最後的警告。如果學生聽了勸，就此停手的話，那就可以避開後續一連串的發展。」

殷肅霜冷笑了聲。

「不過，到目前為止，沒有人就此收手。你們這個年齡的小孩，越是禁止你們去做，你們越想做。越是隱密而模糊的消息，就越想一探究竟。如果直接告訴你們線索，告訴你們會召喚出什麼樣的惡靈，你們可能會不感興趣，但如果是自己去找出答案，你們反而會相信是真的。」

「確實是這樣呢……」封平瀾乾笑。

「為什麼我的妖力會消失？」奎薩爾開口

「因為咒語。你的契約者在儀式裡吟誦的，其實是構築結界的咒語。現在這個空間，類似影校的異度空間，模擬日校景況而構築。雖然高度相似，但不會完全一樣。比方教室裡的鐘。」

就是這個破綻，讓封平瀾發現了真相。

「此外，那道咒語也會限制契妖的力量。只要在這個空間裡，妖力就無法施展。你的加入讓這結界產生了片刻的不穩定，因此你一開始仍保有妖力，但在結界穩定後，你的妖力便被限制住。這個結界的指令是，在所有人都『死亡』之前，沒有人可以離開。而我們負責的，只有扮演凶靈的部分。」殷肅霜解釋，「署名的T.O.Z，是曦舫教師群的縮寫。」

誰會想得到！真是徹底的自掘墳墓啊……封平瀾苦笑，隨即想起了什麼。

「那其他人呢？」

「葉珥德、歌蜜和瑟諾已經現身，和他們說明狀況了。」

說完，殷肅霜吟誦咒語，解開異空間。

雖然四周景物仍然一樣，但是一直盤旋在封平瀾腦袋裡那股暈眩感，徹底消失了。

奎薩爾揮手，地面上的影子呼應著他，浮竄而起。

瞥了殷肅霜一眼，奎薩爾的眼底有著明顯的不悅，但他什麼也沒說，逕自踏入影中，消失。

「結束了……」

封平瀾看著窗外的月光，感慨地長嘆了一聲。

「還沒結束。」殷肅霜冷聲提醒，「從明天開始，影校放學後一小時及假日，都必須留校清掃。」

封平瀾哀號。

啊！怎麼這樣！

Epilogue

即使沒有任何紀念品，只要相遇就會在回憶裡留下痕跡

早晨，曦舫學園

黑夜褪去，拉上被晨曦染成亮白的天幕。

封平瀾一行人一如往常地來到了曦舫。

他和契妖們的臉上，都掛著明顯的疲倦神情。而五名妖魔的臉上，更是有著明顯的不爽。

經過校舍時，他們遇見了凱因斯。

雙方人馬彼此投以尷尬而複雜的眼神，接著什麼都沒說，非常有默契地擦身而過，就像彼此素不相識，就像什麼事都沒發生過一樣。

校園內一如往常地進行著課程，寧靜祥和。

唯一改變的，是普通科一年二班牆上的鐘。

原本的鐘不知何時被撤下。總務股長收到了四百元的班費，用來買新的鐘。

那四百元，是從冬犽的錢包裡掏出的。掏錢的那一刻，冬犽握著鈔票，依依不捨，猶如生離死別。

錢包是從冬犽的書包裡拿出來的。他的書包裡，還放著一只資料夾，裡頭夾著愛校服務通知單，上頭蓋著代表影校的黑色校徽。

同樣的通知單，百嘹、墨里斯、希茉、璁瓏、封平瀾、海棠、伊凡、伊格爾的書包裡，都有一張。

午休時間，行政大樓。

殷肅霜的辦公室，傳了了三記叩門聲。

「進來。」

門打開，封平瀾的笑臉出現。

「午安呀，班導。」

殷肅霜看著一臉若有所求的封平瀾，挑眉，「做什麼？」

「那個，我有一個小小的請求——」

「勞動服務時數不會縮減，也不能由他人頂替。」殷肅霜打斷了封平瀾的話語。

「啊呀，不是這個啦。」封平瀾揮了揮手，「你昨天說，整個試膽的過程都被錄下了，對吧？」

殷肅霜挑眉，「沒錯。」
「可以燒一份給我嗎？」
這個請求出乎殷肅霜的意料。
「為什麼？」

「只是想收藏啦！我絕對不會給外人看，或是向外人透露的！我只想偷偷留個紀念而已！」封平瀾連忙解釋。

「……這可不是什麼值得紀念的事。」

「對我來說是啊！」封平瀾笑著回應，「畢竟，我不知道自己什麼時候會被揭穿身分，不知道奎薩爾他們什麼時候會離開。所以我想，至少讓這段美好的回憶，能夠留下個紀念品。」

殷肅霜看著封平瀾。

封平瀾自嘲地笑了笑，聲音裡帶著苦澀。

「我就像冬至夜晚的幽靈，因為意外踏進不屬於自己的世界。而且，還是假的吶，哈哈哈哈。」

殷肅霜沉默了片刻，嘆了口氣，從抽屜拿出一張光碟，交給封平瀾。

「這是備份檔。」他鄭重交代，「絕對不能讓影片外流，不能讓你以外的人看到。」

「我知道！我會的！」

封平瀾舉起手，做出發誓的動作，然後興奮地接下光碟，歡天喜地。

「耶耶耶！謝謝班導！班導超帥超酷的！」

殷肅霜不耐煩地揮了揮手，示意對方退下。

封平瀾拿著光碟，踩著雀躍的腳步，開心地退離。

殷肅霜看著封平瀾離去的方向，低聲苦笑。

「第一次有人覺得這是美好的回憶啊……」

夜晚。半山腰的白色洋樓。

封平瀾的房間裡，一片漆黑。

床上，棉被隆起成丘，棉被邊緣隱隱透出一絲光線。

棉被丘微微地動了動，細小的聲響，悶悶地自被單傳出。

忽地，門扉開啟。

「借一下你的英文習作——」

海棠推開門，看見房裡的狀況，皺起眉。

「你在幹嘛？」

棉被丘劇烈扭曲起伏，接著，封平瀾忙亂地從棉被裡爬出。

「我、我在看影片，很普通的影片啦！哈哈哈哈哈！有什麼事嗎？」封平瀾故作淡定地問道。

他頂著一頭亂髮，神色慌亂，笑容燦爛得非常不自然。

海棠露出厭惡的表情，低咒了一聲「下流」後，便甩上門離開。

封平瀾抓了抓頭。海棠明顯誤會了。

他苦笑兩聲，接著退回床上，拉上被子，將自己蒙在被子做的小帳篷之中。

被子裡面，放著他的筆電。

螢幕上，播放到一半的影片定格。

封平瀾按下播放鍵。

畫面中，奎薩爾的唇上染著血，自顧自地轉身。

「**我不可能丟下你**。」

封平瀾忍不住笑出聲。

然後將時間軸回拉，重播了一次。

「**我不可能丟下你**。」

封平瀾輕喃，「要說話算話呀，奎薩爾……」

——《妖怪公館的新房客視覺小說SP緋紅之夜》完

高寶書版集團
gobooks.com.tw

輕世代 FW330
妖怪公館的新房客視覺小說SP-緋紅之夜

作　　者　藍旗左衽
封面繪者　zgyk
內頁繪者　kaa
編　　輯　謝夢慈
校　　對　任芸慧
美術編輯　彭裕芳
排　　版　彭立瑋

發 行 人　朱凱蕾
出　　版　英屬維京群島商高寶國際有限公司臺灣分公司
　　　　　Global Group Holdings, Ltd.
地　　址　臺北市內湖區洲子街88號3樓
網　　址　www.gobooks.com.tw
電　　話　(02) 27992788
電　　郵　readers@gobooks.com.tw（讀者服務部）
　　　　　pr@gobooks.com.tw（公關諮詢部）
傳　　真　出版部　(02) 27990909　行銷部 (02) 27993088
郵政劃撥　50404557
戶　　名　三日月書版股份有限公司
發　　行　三日月書版股份有限公司/Printed in Taiwan
初版日期　2020年02月

國家圖書館出版品預行編目(CIP)資料

妖怪公館的新房客視覺小說SP緋紅之夜 / 藍旗左衽著.-- 初版. -- 臺北市：高寶國際, 2020.02-
冊；　公分. --

ISBN 978-986-361-796-9(平裝)

863.57　　108022570

三日月書版

三日月書版

GOBOOKS
& SITAK
GROUP©

GOBOOKS
& SITAK
GROUP©